Bandi Koeck

MÖCHTEGERN

Roman

wahre Geschichten
in sieben kurzen Episoden
mit einer globaler Auswirkung

Personen und Handlungen der folgenden Geschichten sind frei erfunden. Jede Ähnlichkeit mit realen Personen oder Begebenheiten ist rein zufällig.

Oder in anderen Worten:
Die nachfolgenden Seiten sind keine Fiktion ...
... sondern individuelle Realität ...
... welche sich in der Dualität wiederfindet!

© 2016 Bandi Koeck
Alle Rechte vorbehalten
www.bandikoeck.com

Coverbild © Philip Roberts (pj_roberts@mac.com)

Layouted in Austria, Printed in Germany
Herstellung und Verlag: BoD – Books on Demand, Norderstedt.

Auflage 2016
ISBN: 9 783741 274749

gewidmet

Bella,
Pablo,
Xmun

und auch
Dir

Inhaltsverzeichnis

Die Macht des Mayor	5
Thailändische Nächte	11
Die Wohnung des besten Freundes	16
Maria voller Gnaden	25
Crap Crap	30
Der gute Samariter	36
Efcharisto	43
Nachwort	48

Die Macht des Mayor

»You can simply call me ›Mayor‹« sagte Bürgermeister Dimitrios Chaziparaskevas mit einem breiten Grinsen auf seinem vom vielen Rotwein getränkten Lippen, die wie gemalt aussahen in seinem sonnengebräunten Gesicht. »I like this because it means my position and also the ›biggest‹ who I am« fügte der schmächtige Mann im schwarzen Anzug mit dem graumelierten Haar hinzu. Jeden Abend war die deutschsprachige Gruppe bei einem anderen Gastwirt zum Essen eingeladen. Und immer, wenn die Geldtaschen gezückt wurden, winkten die griechischen Gastwirte vehement ab und gaben unmissverständlich zu verstehen, dass es so passen würde. Die Gäste, die wie Fürsten behandelt wurden, wussten genau, dass da wieder der lieber »Mayor« im Spiel war. »Wen wundert's eigentlich, dass Griechenland bankrott ist, wenn keiner Steuern bezahlt« platzte es unverblümt aus Georg heraus. »Ein jeder steckt in diesem undurchschaubaren System mit drinnen, das sind doch alles die reinsten Mafiosi« verbalisierte er seine Gedanken und konnte es dabei nicht vermeiden, dass sich seine Stimme überschlug. Seit er gelandet war, litt der vormals gute Ruf der österreichischen Gruppe. Georg Matt reiste später an als der Rest, da er zuvor noch auf einer serbischen Hochzeit eines ehemaligen Klassenkameraden war. Die mehrtägigen Feierlichkeiten in Belgrad waren ihm nach seiner Ankunft in Megali Panagia noch regelrecht anzusehen, nicht nur optisch, sondern sie waren auch riechbar. Es gefiel dem Spätankömmling, dass just am Tag seiner Ankunft ein Highlight nach dem anderen auf dem dichtgedrängten Programm stand. Gleich in der Früh ging es in eine besondere Tropfsteinhöhle. Im Innern dieser, umzingelt von Stalaktiten und Stalagmiten, von jenen jeder einzelne älter war als alle Besucher zusammen, erbrach sich der stark verkaterte Georg einfach Mitten hinein. Das unüberhörbare Geräusch des

Rückwärtsessens des käsebleichen Georgs war das eine – der penetrante Geruch des Resultats das andere. Die griechischen Behörden, welche diesen Kulturschatz bewachten, fanden dies nicht so toll und führten Mr. Matt auf direktem Weg zurück ans Tageslicht, wo er sich quer auf eine Parkbank legte und alle Viere von sich streckte, bis die anderen etwa eine Stunde später auf ihn trafen. Er hätte nur der Natur freien Lauf gelassen, gab er mit einer Fistelstimme kleinlaut von sich. Der Gruppenleiter der österreichischen Delegation schämte sich in Grund und Boden. Am Liebsten wäre er auf der Stelle versunken, aber jetzt gab es kein Zurück mehr. Er wollte diesen Georg Matt von nun an jedoch etwas im Auge behalten. Aber nun zurück zum »Mayor«, dem Oberhaupt von Megali Panagia, dem kleinen, idyllischen Fischerörtchen in der Nähe von Chalkidiki, an den bekannten Fünf-Finger-Inseln gelegen. Es konnte sich glücklich schätzen, wer seine Bekanntschaft mit »Seiner Emminenz« machen durfte. Ermöglicht hatte dies Maria, welche Bertram, den Gruppenleiter, vor Jahren im ICQ-Chat kennengelernt hatte. Maria Konstantinis war niemand geringeres als die Sekretärin des Dorfoberhauptes. Die zierliche Blondine mit Pagenschnitt war klein, aber oho. Sie verstand es wie niemand anderes, den mächtigen Bürgermeister zu umgarnen und für ihre Interessen zu gewinnen. Bertram selbst war streng genommen ja kein Jugendlicher mehr, denn ein sogenannter Teenager ist mit zwanzig erwachsen, weil in »twenty« nicht mehr das »teen« steckt wie von thirteen bis nineteen. In drei Monaten würde er seinen einundzwanzigsten Geburtstag feiern. Das war auch der Grund, warum er sein Gesicht glatt rasiert hatte, denn ohne seinen Dreitagebart sah er viel jünger aus und ging noch als Teenager durch. Bertram machte es immer zu seinem Spiel und ließ bevorzugt Frauen sein Alter schätzen. Und 90 Prozent von ihnen tippten auf achtzehn oder neunzehn. Heute war bereits der fünfte Tag des neuntägigen Jugendaustauschs, der durch die Europäische Kommission gefördert wurde. Es war besonders für die Truppe aus Mitteleuropa eine Reise auf den Spuren der Wiege ihrer Zivilisation, als was Griechenland gerne bezeichnet wurde. Eigentlich hatte Bertram Burtscher geplant, sich heute von der Gruppe abzusetzen und zum Berg Athos zu reisen. Zuhause hatte er eigens beim amtierenden

Bischof von Feldkirch eine Bewilligung eingeholt, denn die Mönche des Klosters auf Athos gewähren nur Männern Einlass und von jenen nur denjenigen, welche auf Empfehlung eines katholischen Bischofs kommen. Bertram reizte diese abgeschiedene Welt und dass es noch etwas auf dieser Erde gab – vor allem für Christen – das sich nicht der weiblichen Emanzipation unterworfen hatte. In der muslimischen Welt war in dieser Hinsicht ja noch alles in Ordnung: Frauen haben dort kaum Rechte, in einigen Ländern dürfen sie nicht ohne männliche Begleitung aus dem Haus, ganz zu schweigen von Auto fahren oder jemals in der Öffentlichkeit ihr Gesicht zeigen. Was Bertram jedoch von seinem primären Vorhaben abhielt waren die lieben Hormone. Sandro und Theo, zwei gute Freunde und ebenfalls Teil der Gruppe, beschlossen an den Strand zu fahren. Die einheimischen Jugendlichen, mit welchen der Austausch stattfand, meinten aber, dass der Strand beim Fischerhafen unschön wäre und pochten darauf, dass alle zusammen ins etwas entlegene Naturschutzgebiet fahren sollen, einem wahren Juwel der Natur. Den Jungs aus Österreich kam dieser Vorschlag gelegen. Schließlich war ihnen nicht so wichtig, an den schönsten Strand zu fahren, Hauptsache sie sahen die jungen Griechinnen in Bikinis. Den weiblichen Gruppenteilnehmerinnen ging es wohl ähnlich, auch sie wollten die knackigen Adoniskörper in Badeshorts sehen, doch nicht an irgendeinem Strand, sondern am schönsten, welcher die Region zu bieten hatte. Maria, die älteste und vernünftigste der griechischen Gruppe, fügte vor Abfahrt noch hinzu, dass im Naturschutzgebiet baden verboten sei, jedoch die anderen zeigten sich von dieser Aussage unbeeindruckt. Es brauchte nicht lange, dass alle davon überzeugt werden konnten, gemeinsam dorthin zu pilgern, schon saß die gesamte Truppe im Bus. Nach kurzer Fahrt mit Busfahrer Jannis, der immer blau wirkte und anscheinend jeden Tag eine kleine Flasche Ouzu trank und dies seit einer geschlagenen Dekade und aufgrund dessen nie krank wäre, wurde der versteckte Strand inmitten des Naturreservates erreicht. Maria, Sotiria und Eugenia hatten nicht übertrieben: Es war ein wunderschöner Sandstrand und das Beste daran war: Es war der ganz persönliche Privatstrand der beiden Gruppen, denn außer ihnen war keine Menschenseele dort. Es dauerte keine fünf Minuten, da sprangen die ersten bereits ins türkisblaue Wasser. Das Badeverbotsgesetz und die eigens dafür aufgestellten Verbotstafeln wurden gekonnt ausgeblendet. Die Girls in ihren bunten und knappen Bikinis wirkten betörend und makellos wie griechische Göttinnen. Vor lauter Anmut erstarrten die Jungs beim Betrachten dieser fast zu Zeusstatuen. Nur das Wasser der Ägäis verschaffte ein wenig Abkühlung. Und so verflog die Zeit wie im Flug und die jungen Leute betrachteten auf großen von der Sonne gewärmten Steinen, wie diese langsam über dem Horizont ins Meer untertauchte. Just in jenem Moment äußerte Bertram einen lauten Gedanken, was ihm in letzter Zeit häufig wiederfuhr: »Es ist perfekt hier. Das Einzige, was noch fehlt, ist ein geiles Lagerfeuer, findet ihr nicht auch?« Seine Buddies nickten ihm zu. Sandro ergriff diesmal die Initiative und sagte zu Maria gewandt: »Can we make a barbecue?« »Of course this is prohibited, but we can risk it!« meinte diese tollkühn. Und ohne sie sich versah, waren mehrere Jungs bereits ausgeschwirrt, um Schwemmholz sammeln zu gehen. Wie eine Stimme aus dem Nichts schrie Georg: »Die Bullen!« Seine Freunde dachten sich zuerst, er habe wieder zu viel Retsina getrunken, doch als kurz darauf tatsächlich ein Polizeijeep aufkreuzte, schenkten sie seiner Warnung Glauben. Der Jeep kam ganz langsam und kaum hörbar auf die junge Gruppe zu. Ohne nachzudenken warfen die jungen Erwachsenen das bereits gesammelte Holz für das Lagerfeuer von sich und saßen wie Lämmchen scheinheilig da. Niemand getraute sich einen Laut von sich zu geben. Das Auto hielt an. Die griechischen Jugendlichen versammelten sich davor. Dann stieg ein zirka 35-jähriger Polizist in blauem Hemd aus. Kostas und Maria begannen mit ihm zu reden. Die anderen spitzten die Ohren, doch da es auf griechisch war, verstanden sie nichts. Sie versuchten, nur seine Stimmlage zu interpretieren. Der Beamte hörte nur zu, bevor er einen Satz sagte, in seinen Wagen einstieg und wegfuhr. Die Griechen kamen nun zu den Österreichern herüber und waren entsetzt, dass diese das bereits gesammelte Holz weggeworfen hatten: »What are you doing?« fragten sie aufgebracht. »We have to light the fire, now!« befahl Kostas. Und bevor sich die verdatterten Mitteleuropäer versehen konnten, flackerte bereits unweit vom Ufer ein kleines Feuer. »Wir brauchen viel mehr Holz, Leute« sagte Georg hoch motiviert, aber mit leicht verzweifeltem Ton in seiner poststimmbrüchigen Stimme. Genau als er das gesagt hatte, tauchten drei Polizeiwagen am Hoirzont auf. Sie fuhren diesmal mit erhöhter Geschwindigkeit auf die erneut aufgebrachte Gruppe zu. Die Herzen von Bertram, der besorgt um das große Polizeiaufgebot war, aber auch von einigen Mädchen wie Stefanie und Nathalie von der österreichischen Gruppe, schlugen immer schneller. »Jetzt sind wir so richtig am Arsch« seufzte Tobi und schlug die Fäuste vor sein Gesicht. Zusammen mit Sandro und Anastasia versteckte er sich schnurstracks hinter den umliegenden Büschen. Einige wussten nicht, wie ihnen geschah, als die Polizisten in ihrer Freizeitkleidung ausstiegen, von einem Dienstfahrzeug den Kofferraumdeckel öffneten und eine Motorsäge herausholten. Sie begannen sogleich, den dicken, quer liegenden Baumstamm in kleine Stücke zu sägen und reichten das frisch zerkleinerte Holz an Yannis und Kostas weiter, welche sogleich beim Feuer nachlegten. Ein anderer Polizist öffnete den Kofferraum seines Wagens und entnahm eine Bierkiste sowie einige Flaschen Retsina-Wein und Ouzu-Schnaps. Die Österreicher staunten, Georg sogar mit offenem Mund, wie nicht anders zu erwarten war. So saßen sogleich alle vor einem richtig großen Funken, denn die Bezeichnung Lagerfeuer wäre untertrieben, tranken und rauchten und Kostas spielte auf seiner Gitarre. Die drei Polizisten machten so richtig auf Kollegen und lachten über ihre eigenen Witze und auch die, die von den Jugendlichen kamen. Das neugierigste Mädchen der Truppe, Magdalena, wollte wissen, wie das die Griechen geschafft und was sie genau gesagt hätten, als der Polizist zum ersten Mal aufgetaucht wäre. Als Antwort gaben Maria und Yannis unisono zu verstehen: »Wir haben nur gesagt, dass wir Freunde von Chaziparaskevas sind und mehr Holz benötigen.« Am nächsten Tag, als die Jugendlichen wie jeden Morgen den Bus bestiegen, fanden sie einen anderen Busfahrer, Stefanos, vor. Er war unfreundlich, grüßte nicht einmal, und lenkte den Bus krasser als sein Vorgänger Jannis. Auf Bertrams Frage beim Mayor wurde ihm gesagt, dass dieser ihn abgezogen hätte, da Bertram ihm erzählt hätte, dass er immer betrunken wäre. Sandro, Tobias und Bertram sprachen daraufhin erneut mit Chaziparaskevas, den sie mittlerweile schon liebevoll »Chazi« nannten, und dass sie

Yannis gerne gemocht hätten und ihn gerne wieder als ihren persönlichen Fahrer hätten. Tags darauf war Jannis wieder im Bus – allerdings ohne Ouzu-Flasche in der Jackentasche und auch keiner in der Fahrertüre. An genau jenem Tag, dem vorletzten der Reise, stürzte eine der Teilnehmerinnen die Klippen hinab aufs offene Meer und ertrank. Es war der traurigste Tag in den bisherigen Leben der jungen Leute, ganz besonders aber für einen Teilnehmer. Alles nur, weil sie in ihren Crocs auf der taufrischen Wiese ausgerutscht und gestürzt war. Ein griechisches Osterfest zu erleben, ist das eine. Eine griechische Beerdigung besuchen zu müssen, das andere.

Thailändische Nächte

Robert gönnte sich zwei Mal im Jahr eine Auszeit. Seine Arbeit verlangte es. Schließlich wussten alle in der Firma, dass er ein Workaholic war, ein Perfektionist, der täglich bis zu zwölf Stunden Vollgas für die Firma gab. Diese Motivation wurde Monat für Monat auf seinem Lohnzettel prämiert. Doch was die Welt kostete, interessierte Robert keinen Deut. Es gab nur diese zwei Mal im Jahr, in denen er sich selbst belohnte. Die restliche Zeit des Jahres lebte er bescheiden, ohne sich irgendwelchen Luxus wie Essen gehen, Kino oder mit dem Auto fahren zu leisten oder sonstigen Vergnügen zu frönen. Sein Alltag sah schließlich immer gleich aus: Aufstehen – arbeiten – schlafen. Und am Wochenende spielte er aus der örtlichen Bücherei entliehene Spiele auf seiner Playstation4. Er hatte keine Frau, keine Kinder und die in die Brüche gegangene Beziehung mit seiner Ex-Freundin Sandra lag Jahre zurück, fast schon so viele, dass er sich kaum mehr an ihren Nachnamen entsinnen konnte. Zwei Monate in seinem ganz persönlichen Jahreskalender sorgten für Abwechslung: Es waren dies der Januar sowie der Juli, er bezeichnete sie liebevoll als »Wonnemonate«, die ihm größere Vergnügen als Weihnachten, Ostern und Geburtstag zusammen bescheren konnten. Im Juli machte er Sommerurlaub und im Januar eine Art »Winter Escape«, da Robert es liebte, wenn das Thermometer über 35 Grad Celsius anzeigte. In beiden Monaten fuhr der Mittdreißiger jeweils für eine Woche nach Thailand. Südostasien war sein Kontinent und mittlerweile schon würde er Thailand, Laos und Kambotscha als seine zweite Heimat bezeichnen können. Als Robert nach dem Militärdienst mit neunzehn Jahren zum ersten Mal in Thailand gewesen war, hatte ihn das Fieber respektive die Wolllust gepackt. Sein Faible für kleine, zarte Frauenzimmer hatte sich seit jeher nicht verändert. Zu Freunden und vor allem zu seiner Mutter sagte er stets, dass er wegen der Landschaft dorthin reisen würde. Doch der wahre Grund hatte nur drei Buchstaben und klang schon geil, wenn man das kurze Wörtchen aussprach: S-E-X. Zwei Wochen im Jahr, auf den Tag akribisch genau errechnet sechs Monate dazwischen, konnte er sich in Thailand wortwörtlich das Hirn aus dem Leib vögeln. Er kannte in mehreren Ortschaften im Süden jede Straße und jedes Bordell. Für diese Frauen wäre er auf die höchste Palme gestiegen, und hätte ihnen gleich zwei Kokosnüsse heruntergeholt. Doch diesmal war es anders: Es war kurz vor seiner Rückreise und er hatte die bereits vergangenen Tage in unterschiedlichen Etablissements zugebracht und mit den verschiedensten Menschen gesprochen. Er trank immer so viel Alkohol, dass er oft nicht mehr genau wusste, mit wem er was geredet hatte. Auffallend heute war, dass ihm sein Hintern so weh tat. Nur vage konnte er sich an letzte Nacht erinnern. Sie war bildhübsch und viel weiblicher wie die Mädchen aus Kambotscha, diese typischen Khmer-Frauen. Ihre Rundungen, ihr Bauchnabel und der nicht wegoperierte Penis. Ladyboys waren in Thailand etwas ganz normales und gehörten zum Alltag einfach dazu. Doch letzte Nacht war etwas passiert, und Robert hatte bereits eine Vermutung: Dieser geile Ladyboy hatte ihn ganz sicher betäubt und dann vergewaltigt. Wieso sonst würde ihm sein Hinterteil derart schmerzen? Er konnte sich an nichts mehr erinnern, nur das stark geschminkte Gesicht mit den femininen Gesichtszügen blieb vor seinem geistigen Auge bestehen. Schließlich war es nicht das erste Mal, dass er sich mit Ladyboys eingelassen hatte. Seine Motivation dahinter geschah viel mehr aus einer gewissen pubertären Neugierde, welche mit ebensoviel Naivität gepaart war. Der Unterschied zu letzter Nacht war hingegen, dass diese eine Vagina hatte. Beim ersten Mal wusste Robert nämlich noch gar nicht, dass es sich bei dieser äußerst attraktiven jungen Frau um einen Ladyboy handelte. Er wunderte sich nur, dass beim Geschlechtsverkehr sein Glied nicht ganz hinein passte und es so unglaublich eng war. Verrückte Gedanken wie »die hat wohl noch nicht so viel Schwänze in ihrer Muschi gehabt wie die Weiber zuvor« kreisten ihm durch den Kopf. Doch heute wusste er, dass diese Frauen umoperiert waren. Nun gut. Robert hatte nicht mehr viel Zeit. Und sein Wochenrekord, fünfzig verschiedene Thaigirls zu bumsen, sollte noch vor der Abflugzeit in zwei Tagen erreicht werden. Heute wollte er nicht wie die Tage zuvor in ein Bordell gehen, an der Bar die Frauen anquatschen und danach eine mitnehmen und sie frei kaufen. Auch im berüchtigten Chinatown in Bangkok, in dem er in den verschiedenen »Pharmacies« alles erdenkliche vom Schwarzmarkt, angefangen von Tigerpythons oder deren Blut oder jede Art von Drogen bis hin zu ausgefallenem Sexspielzeug erhalten würde und wo die Dirnen für eine sogenannte »Short Hour«, also eine Stunde, gerade mal umgerechnet zwei Euro kosten und er sie um fünf Euro für die ganze Nacht bekommen konnte. Nein, er wollte in eine kleine Ortschaft gehen und sich fernab vom Massentourismus eine Frau seiner Begierde privat angeln, auf der Straße oder wo auch immer. Es dauerte nicht lange, da juckte es bereits wieder in seiner Hose, ganz so wie damals an jener Tankstelle in seinem Heimatdorf, an der er sich zum ersten Mal ein Pornoheftchen angeschaut und wo der Tankwart unverhohlen zu ihm gesagt hatte: »Na, mein Junge, da juckts in der Hose, gell?« Genau so war es mit Mailin – er fragte die Mädchen stets nach ihren Namen und smalltalkte etwas, bevor es zur Sache ging. Von Vorspiel hielt er recht wenig, aber ein bisschen was über die Frauenzimmer wissen, mit denen er intim verkehrte, konnte nie schaden. Schließlich konnten diese Informationen seine Fantasie beflügeln, oft noch viel später wieder zuhause bei der Arbeit, wo er sich öfters während der Kaffeepause im Klo einen von der Palme wedelte. Druck abbauen war dann das Stichwort. Und es half wirklich, denn danach konnte Robert viel ausgelassener weiterarbeiten und auch sein Kopf war klarer. Mailin war 23 und hatte bereits zwei Kinder von zwei verschiedenen Männern. Sie erzählte ihm, als sie kurz in dem kleinen Zimmer mit den Bambuswänden waren, dass sie nie ohne Liebeskugeln aus dem Haus gehen würde. Was er bei all den Bordellbesuchen gelernt hatte war, dass du nie ein Getränk annehmen darfst, das sie nicht vor deinen Augen geöffnet hatte. So ließ er auch diesmal das Bier, das sie von einem anderen Zimmer in einem offenen Glas brachte, einfach stehen und riss ihr das Kleid vom Leib. Auch wenn du eine Zigarette angeboten bekommen würdest, gebe es nie hundertprozentige Gewissheit, ob diese nur aus Tabak bestünde oder ob sie doch Opium oder andere Stoffe enthielte. Als sie sich daraufhin kurz von ihm abwandte und aus der Nachttischschublade ein weißes in Plastikfolie gehülltes Tüchlein herausholte und aufs Kopfkissen vor ihm legte, wurde er irgendwie stutzig. Er wusste selbst nicht, wieso. Ein naiver Tourist hätte diese Geste wohl als besondere Ehre verstanden gewusst, nämlich, dass sie dieses Tüchlein nur auf ihr Kopfkissen legen würde, damit er seinen Kopf nicht auf das gebrauchte zu legen hätte. Doch Robert war von Natur aus viel zu misstrauisch, er bezeichnete sich selbst oft als paranoid. Wann immer seine Ex-Freundin abends für ihn gekocht hatte und das Essen anrichtete, hatte er immer heimlich die Teller vertauscht, um sicher zu gehen, dass sie ihn nicht vergifte oder auch nur um zu wissen, dass er nicht von dem, wo sie womöglich zuvor draufgespuckt hatte, essen musste. Auf jeden Fall kam ihm diese Geste von Mailin Spanisch vor. Das Zimmer, in dem sie sich gerade befanden, war ziemlich sicher nur angemietet. »What is this?« fragte Robert mit seiner witzigen Stimme. »This is when you are finish to clean your penis« sagte Mailin wie aus der Pistole geschossen. Irgendetwas in ihm sagte ihm, dass sie ihm geradewegs ins Gesicht log. Ohne sich etwas anmerken zu lassen, zog Robert das Mädchen zu sich heran und küsste es. Das gehörte für ihn immer dazu. Denn es sollte kein bloßes Rein-Raus-Spiel sein. Er wollte die Mädchen überall berühren, küssen und ließ sich zu Beginn immer einen blasen, bevor er sich das Kondom überstülpte. Seit dem Zeitpunkt, als er zum ersten Mal im zarten Alter von 19 Jahren die Dienste von Prostituierten aufgesucht hatte – er war extrem nervös – und er nur mehr den Kondomring auf dem Penis hatte, nachdem er in der Frau abgespritzt hatte, war er übervorsichtig. Robert hätte damals nie für möglich gehalten, dass ein Kondom so leicht platzen könnte. Heute wusste er, dass bei so billigem Sex auch die Kondome billig waren und das Ablaufdatum oft Jahre zurück lag. Seitdem hatte er seine eigenen Markenkondome aus Europa dabei, die sicher nicht jahrelang an der prallen Sonne Thailands gelegen hatten. Zu ungern erinnerte er sich daran, wie er bei seinem Hausarzt einen AIDS-Test machte, der zum Glück negativ war. Aber die negativen Gedanken und Gefühle waren wie ein stetes Trauma in seinen Erinnerungen haften geblieben. Nachdem Robert nun ein paar

Mal ihren Kopf an seinen Penisschaft und sein Skrotum, den Hodensack, gedrückt hatte, schmiss er Mailin auf das niedrige Bett und wollte sie absichtlich Doggy-Style nehmen. Das weiße Tüchlein aus der Schublade lag vor ihnen auf dem Bett. Immer näher rammte er Mailin an das kürzlich entfaltete Tuch und versuchte, ihre Hände wegzudrücken, damit sie mit dem Gesicht darauf landete. Sie wehrte sich und presste ihren Hintern streng nach hinten. Wie mechanisch riss er an ihrem Pferdeschwanz und presste ihr Gesicht geradewegs auf das Tuch. Ihr Stöhnen ließ plötzlich nach und ihr Körper wurde schwach. Robert konnte sie reglos auf den Rücken drehen. Ihre Augen verdrehten sich und sie sagte noch »You ...«. Er roch es nun ganz deutlich. Das Tüchlein war eindeutig mit Äther getränkt worden. »Nicht mit mir!« sagte er laut vor sich hin und blickte dabei in ihr regloses Gesicht. Robert öffnete jetzt mit einer Hand ihren Mund und griff mit seiner anderen Hand nach dem Glas auf dem Nachtkästchen. Ohne zu zögern leerte er den gesamten Inhalt des Glases in ihren Mund und betäubte sie damit doppelt. Das Mädchen spreizte alle Viere von sich und lag wie tot auf dem spermagetränkten Laken. »Jetzt zeig ich's dir, du verdammte Schlampe!« schrie er völlig außer sich und durchwühlte ihre Handtasche, steckte die paar Scheine, die er darin vorfand und eine goldene Uhr in seine Hosentasche. Auch die zwei Schubladen des Nachttischchens riss er auf und fand darin mehrere prall gefüllte Geldtaschen, Ohrringe und anderen Goldschmuck. Zur Genugtuung spritzte er mit seinem warmen Saft noch in ihr Gesicht und auf ihre kleinen, apfelförmigen Brüste, zog sich schnurstracks an und verschwand in die dunkle, schwüle Nacht von Chiang Mai.

Die Wohnung des besten Freundes

Immer noch war er über den Inhalt der WhatsApp-Mitteilung erbost: »Markus hat plötzlich noch ›einen Termin‹ ab 19.00 Uhr. Ist es möglich, dass du so gegen 20 oder 21 Uhr kommst oder wenn dir das zu spät ist ein anderes Mal?« Das Beste war, dass diese Nachricht gar nicht von Markus stammte, sondern von dessen Freundin Angelika. Er kannte Markus nun schon über zwanzig Jahre, sie drückten zusammen die Schulbank in der Pflichtschule. Im Vergleich zu seinen Eltern waren Markus' Eltern richtig wohlhabend. Er entstammte einer Bäckerdynastie, die im Ort eine Großbäckerei mit mehreren Filialen betrieb. Und vor etwa einem Jahr hatte Markus das Geschäft von seinem Vater Ewald übernommen. Seine beiden etwas jüngeren Brüder waren darüber nicht sichtlich erfreut, aber da Markus der Älteste war, stand es ihm traditionell auch zu, in die Fußstapfen des Vaters zu treten. Der Kontakt zu ihm war nach Abschluss der Pflichtschule abgebrochen. Nur durch Zufall trafen sie sich wieder, nämlich an einer Diskonttankstelle in der Nähe seines Elternhauses. Er staunte damals nicht schlecht, als Markus mit seinem schwarzen Audi R8 vorfuhr. Er war ja nicht zu überhören. Als Fan von David Hasselhoffs »K.I.T.T.« in der Fernsehserie Knight Rider als Kind stieg in ihm der blanke Neid. Aber er wusste auch, dass dieses tolle Auto, ein richtiges Pussimagnet, mit dem er die geilsten Schlampen abschleppen und anschließend darin verräumen konnte, nicht sein Verdienst waren. Es war der Verdienst seines Großvaters in Kombination mit der harten Arbeit seines Vaters. Und wahrscheinlich gehörte der schnittige Wagen ohnehin der Bank. »Vier Räder und ein fetter Motor auf Raten!« dachte er sich stets. Wie auch immer, sie freuten sich damals über ihr Wiedersehen nach ach so vielen Jahren und beschlossen, sich tags darauf auf einen Kaffee in einer der Bäckereifilialen von Markus zu treffen. Schon dort stellte sich heraus, dass Markus recht oberflächlich und extrem materialistisch war. Daniel und Markus verloren sich dann wieder aus den Augen, bis vor etwa einem halben Jahr, als Daniel Markus zusammen mit einer bildhübschen und groß gewachsenen Blondine mit langen Beinen, knackigen Brüsten und kurzem Rock auf einem Faschingsball wiedersah. Daniel selbst hatte sich in Frauenkleider gehüllt, die Silikoneinlagen aus dem Internet in seinen von seiner Schwester geliehenen BH gesteckt und hochhackige Schuhe angezogen, die ihn nach einer halben Stunde wahnsinnig schmerzten. Markus war als Robin Hood verkleidet und sein blonder Blickfang als Lady Marian. An der Bar tauschten sie sich aus und entdeckten das gemeinsame Hobby des Wanderns und für Klettersteige. So trafen sich die drei mehrmals im heranbrechenden Frühling und gingen gemeinsam auf die Berge, was jedes Mal ein tolles Erlebnis war. Es schien Markus nicht im Geringsten zu stören, dass Daniel Single war und auch für Daniel war es kein Problem, dass fast jedes Mal Markus' Freundin Angelika mit von der Partie war. Was ihn an Markus störte war jedoch, dass er ihm jedes Mal, wann er etwas von sich erzählte, ins Wort fiel und sofort über sich redete: Er konnte alles besser als Daniel und hatte dies und jenes natürlich auch schon erlebt. Selbstverständlich war er schon öfters in Asien, Australien und Amerika, wo er nach der Lehre im Familienbetrieb Brötchen buk. Wie es nicht anders zu erwarten war, lernten die Amis von ihm, wie richtige Handsemmeln, Fit-Berry- und Zopfbrote gemacht werden. Er sah sich als talentierter Pionier in der neuen Welt. Tja, im Geschichtsunterricht hatte er in der Hauptschule schon nie gut aufgepasst. Doch Daniel ließ ihn in seinem Glauben und in seiner eigenen Barbie-und-Ken-Welt. Was er damals wie heute jedoch nicht verstanden hatte war, was Angelika nur von diesem Aufschneider wollte? Sie kam aus Zürich, fuhr ebenfalls einen Sportwagen, aber natürlich nicht so einen tollen wie Markus, arbeitete in der Forschung und sah zudem noch verdammt gut aus. Warum sie wohl mit Markus zusammen war hing wohl oder übel mit ihrem mangelnden Selbstbewusstsein zusammen. Und Markus behandelte sie jedes Mal, wenn sie sich gesehen hatten, wie Scheiße. Er hatte noch nie verstanden, warum so viele tolle Mädchen sich mit Typen wie ihm einließen und sich so von oben herab behandeln ließen. Warum solche Macho-Arschlöcher immer die am besten aussehenden Frauen abbekommen würden blieb Daniel bis dato schleierhaft. Auch wenn die Typen dazu noch abartig hässlich und bierbäuchig waren, war wohl auf die schier unergründliche Logik der Gattung Frau zurückzuführen. Bei Markus spielte sicher das Geld eine Rolle, aber wie er an jenem Abend in Erfahrung bringen würde, war das bei Angelika kein zwingender Grund. Nach der Überraschungsparty, welche Angelika für ihren Markus, in den sie unsterblich verliebt und blind vor Liebe war, vor zwei Wochen auf einer tollen, idyllischen Alphütte organisiert hatte, war ausgemacht, dass sie sich genau am heutigen Tag zum Grillen auf der tollen Terrasse in der neuen Wohnung des Paares treffen würden. Rückblickend auf diese Überraschungsparty wurde ihm einiges klar: Angelika liebte ihn wirklich über alles. Sie organisierte nicht nur die Hütte, die gut möbliert und schwer zu kriegen war, Bier vom Zapfhahn seiner Lieblingsbrauerei, einen begnadeten Rock-Musiker, der live vor Ort seine Lieblingshits spielte, nein, sie schenkte ihm auch noch eine Pilotenuhr einer renommierten Schweizer Uhrenfirma und zu allem Überdruss noch die Luxusedition der begehrten Actioncam, welche er zum Mountainbiken an den Gardasee oder auf die nächste Skitour nach Lech am Arlberg mitnehmen konnte. Die Frau stürzte sich für den Dreckskerl in Unkosten, die sicher Tausend Euro betrugen. Obwohl es Daniels Kolleg war, stieg in ihm allmählich die Wut. Sein Sinn für Gerechtigkeit war ausgeprägt. Das Verhalten seines ehemaligen Schulkollegen ging eindeutig zu weit. An Markus 34. Geburtstag würdigte dieser Angelika zuerst den ganzen Abend über keines Blickes, bis zu dem Zeitpunkt, an dem sie ihm die Geschenke reichte. Just in dem Moment drückte er ihr ein lauwarmes Küsschen auf ihre rote Wange. »Danke, Scheißerle« war damals seinen verwöhnten Lippen zu entnehmen. Als er sich ein frisches Bier holte, flüsterte Angelika Daniel ins Ohr, dass Markus halt nicht zufrieden wäre mit der Party. Auf Daniels Frage, was denn der Grund für diese Unzufriedenheit von Markus wäre, denn er selbst fände alles toll, die Lampions, die sie eigens aufgehängt hatte, die Musik von Jerome, das feine Essen vom besten Caterer der Stadt geliefert, entgegnete sie mit trauriger Stimmlage: »Er findet, dass das Wetter zu schlecht ist, die Hütte zu wenig Platz zum Tanzen bietet, seine besten Freunde noch auf Urlaub sind und ist zudem unzufrieden, weil er sich um die Hundert Leute erwartet hat!« Daniel schüttelte daraufhin nur den Kopf. »Warum hast du dich eigentlich von Facebook gelöscht?« fragte er Angelika voller Neugierde, denn die Einladung zur Überraschungsgeburtstagsparty kam in einer sog. »Personal Message« auf Facebook, bei dem es im Absender hieß: Unbekannter Teilnehmer. »Weil er so eifersüchtig ist. Ich habe mich kurz wieder aktivieren müssen, damit ich an alle seine Kontakte die Einladung verschicken konnte, und mich dann sofort wieder deaktiviert, damit er nichts merkt« sagte sie mit zitternder Stimme. »Weißt du«, fügte sie hinzu, » dass er auf seinem Handy eine App installiert hat, die ihm anzeigt, wo ich mich gerade befinde. Und wenn ich mal keine Internetverbindung habe und er nicht weiß, wo ich gerade bin, dreht er völlig durch« gestand Angelika Daniel traurig. In ihm kochte die Wut. Er war krankhaft eifersüchtig auf sie? Er, der immer mit seinem Kollegen Robert nach Thailand fuhr, bis zu zwei Mal pro Jahr, und dort so richtig die Sau raus ließ? Wie viele an seiner Stelle würden sich glücklich schätzen, eine so tolle Frau wie Angelika an seiner Seite zu haben, die alles für ihn tat und alles aufzugeben bereit war. Sie war auch der Grund, warum Daniel heute doch noch zugesagt hatte. Ausgemacht war 19 Uhr und er hatte zu Mittag extra nichts gegessen, damit er am Abend so richtig zulangen konnte. Seit kurzem schrieb Daniel auch nicht mehr mit Markus, sondern mit Angelika. Markus hatte eine weitere Filiale seiner Bäckerei in der nächstgelegenen Gemeinde eröffnet und alle Hände voll zu tun. Da einer seiner Bäcker an Krebs erkrankte, musste er jetzt mehrmals pro Woche früh aufstehen und selbst wieder Hand am Teig anlegen. Er meinte noch am Telefon vor Tagen, dass ihn dieser Mitarbeiter um den Verstand brächte. Wenn er nett wäre, würde er ihn im Krankenstand behalten, aber da würde dieser ihm sicher für ein halbes Jahr ausfallen und ihn drei Monatsgehälter kosten, ohne dass er was davon hätte. Wenn er ein Arschloch wäre, und das wäre für ihn einfacher und man müsse einfach ein Arschloch sein, wenn man es zu etwas bringen wollte, dann würde er ihn fristlos entlassen. Daniel konnte sich – ohne dass er Markus verriet, für welche der beiden Optionen er sich entschied – selber ausmalen, welche Markus zumindest präferierte. Nach der WhatsApp-Nachricht von Angelika kurz vor sieben wurde Daniel einmal mehr klar, dass Markus kein richtiger Freund war und wohl nie einer werden würde. Jemand, der Menschen – für ihn zumindest gehörten Frauen zu dieser Gattung – wie etwas Minderwertigeres behandelte, der war sozial gesehen einfach am Arsch. Nichtsdestotrotz antwortete er auf die Nachricht, dass er um zwanzig Uhr kommen würde. Angelika schrieb zurück, dass ihre neue Wohnung im zweiten Stock läge und dass an der Tür der Name von Georg stünde. Wer dieser Georg Matt war, wusste er nicht. Er kannte ihn nur vom Hörensagen. Er musste ein etwas schräger Vogel mit zu wenigen »social skills« sein. Das Navi zeigte Daniel, der sich für den Abend zurecht gemacht hatte, den genauen Weg in einer der schönsten Wohngegenden der Stadt mit der mittelalterlichen Burg, die auch ein Restaurant beherbergte, wo es die größten Schnitzel gab, von Einheimischen liebevoll als »Elefantenohren« bezeichnet. Daniel parkierte seinen Wagen eines französischen Automobilherstellers genau neben dem Sportwagen von Angelika mit Schweizer Kennzeichen und fuhr mit dem Aufzug in den zweiten Stock. Bei »Georg Matt« klingelte er. Es dauerte einen kurzen Moment bis Angelika in einem kurzen weißen Sommerkleid barfuß die Tür öffnete. Küsschen links-rechts-links begrüßten sich die beiden und Daniel trat ein. Die Wohnung war auf jeden Fall ein Hingucker, wie nicht anders zu erwarten in Markus' Welt. Mitten im Wohnzimmer, das alleine um die hundert Quadratmeter maß, stand ein weißer Flügel eines österreichischen Herstellers. Daneben eine schneeweiße Lümmelcouch und davor war der größte Smart-TV den er je gesehen hatte platziert – natürlich mit Dolby Surround und Designerlampen als besondere Accessoires für diesen unübersehbaren Hingucker. »Möchtest du was trinken?« fragte Angelika sichtlich gut gelaunt. »Ja, gerne« entgegnete Daniel und folgte ihr an die Bar, welche an die kolossale Küchenzeile angrenzte. »Ist Markus noch nicht zurück?« fragte er vorsichtig. »Nein, aber er müsste jeden Moment kommen«. Gesagt, da war auch schon das einzigartige Motorengeräusch des Audi R8 zu hören. Daniel wollte Angelika noch fragen, wie es mit den beiden liefe und wie es um Markus' Eifersucht stünde, da stand dieser bereits in der

Tür. »Hey!« Noch bevor er seine Freundin begrüßte, streckte Markus Daniel seine Hand wie immer lässig-kumpelhaft entgegen. Dann erst drehte er sich zu Angelika um und gab ihr einen flüchtigen Kuss. »So, endlich Feierabend. Ich musste noch zwei Kunden beruhigen, da die eine Kieselsteine und die andere ein Pflaster im Brot gefunden hatte und mich anzeigen wollte« gestand er die Wichtigkeit seines unvorhergesehenen Termins. ›Dieses Problem wird sich ganz einfach auf dem Gehaltszettel des Verursachers oder in dessen fristloser Entlassung manifestieren‹, dachte sich Daniel. »Und wie gefällt dir meine Bude?« fragte Markus sichtlich stolz mit einem breiten Grinsen im Gesicht. »Nicht schlecht« entgegnete sein ehemaliger Klassenkamerad nüchtern. »Die Couch hier gehört Georg. Ist ein Designerstück, ein Unikat aus New York. Er hat dafür angeblich fünfzehntausend hingeblättert« entfuhr es Markus. »Weißt du, wir sind in seiner Wohnung, weil er aufgrund seines Alkoholproblems die Miete nicht mehr bezahlen konnte. Sie drohten ihm sogar, den Strom abzudrehen. So wohnt er jetzt wieder bei seinen Eltern, zockt den ganzen Tag und geht an den Wochenenden ins Casino zum Pokern und Roulette spielen« sprach Markus offen. »Und da wir schauen wollten, wie es bei uns läuft, bevor wir so richtig zusammenziehen und uns eine Eigentumswohnung kaufen ...« verriet Angelika, bevor ihr Markus abrupt ins Wort fiel: »Das Kinoteil hier habe ich mir letzte Woche gerade zugelegt. Komm mal mit!« gab er Daniel zu verstehen. Die beiden Männer schritten ganz nah an den gewölbten Flachbildfernseher heran und Markus zeigte seinem Kumpel, wie scharf das Bild war. »Da verpixelt nichts, da kannst du auch ganz nah ran sitzen« sagte Markus und zog Daniel an dessen Schulter: »Schau mal hier!« Markus deutete Daniel nach hinten, wo die Kabel herauskamen. »Alles goldene Stecker. Hast du so etwas Geiles schon mal gesehen?« Daniel schüttelte den Kopf. Was für eine verrückte kleine hedonistische Welt das war, in der Markus lebte und sich mit Statussymbolen brüskierte und mit Luxusgütern nur so vor sich hin onanierte. Natürlich hingen lauter Kandinsky und Hundertwasser an den Wänden. Sie gingen auf die Terrasse mit Blick auf den Hohen Kasten und die Schweizer Berge. »Nur die Mücken stören mich und der türkische Nachbar da unten, der sich immer beklagt, wenn ich um drei noch Musik höre. Weißt du, bei der Stereoanlage – hat übrigens zwölf Hämmer gekostet – kann man nicht leise hören, das ist dann Verschwendung« grinste Markus und warf den Gasgrill an. Eine Stichflamme baute sich vor seinem blassen Gesicht auf. »Scheiße, hast du den Grill aufgedreht?« rief er ins Wohnzimmer. Hatte Daniel da eben richtig gehört? Hatte Markus eben seine Geliebte mit einem Schimpfwort betitelt. »Hast du das gehört?« kam es von drinnen. »Jetzt nennt er mich schon in der Öffentlichkeit so« beklagte sich Angelika lautstark. »Ich habe Scheißerchen gesagt« gab Markus zurück. Doch vier Ohren konnten nicht irren und jetzt half kein Rausreden mehr. Angelika brachte nun ein großes, silbernes Tablett, das mit mehreren bereits marinierten Rump-Steaks und Rib-Eyes belegt war. Da sie angeblich nicht wusste, was dem Gast schmecken würde, hatte sie einfach alle Fleischsorten beim Metzger gekauft, die es dort zu kaufen gab. Auch Rippchen, Huhn und Kalbspieße waren dabei. Markus zündete sich eine Zigarette an, was Angelika sichtlich störte. »Ich dachte, du hörst mit dem Rauchen auf?« sagte sie leicht angewidert. »Ich rauche sie nur zur Hälfte, dann schmeiße ich sie weg. Ist ja erst die dritte heute. Ich rauche nur, wenn ich in Clubs bin oder an Tagen wie diesen, wo ich so viel Stress in der Bude habe« konterte ihr Macho-Held mit der Grillschürze mit seinem bestickten Namen um die Lenden. »Und am Wochenende, was ist damit?« wollte Angelika das Thema nicht so stehen lassen. »Stimmt, da rauche ich schon mehr!« »Blöd ist nur, dass dein Wochenende aus Freitag, Samstag und Sonntag besteht und du dann drei Schachteln verrauchst« giftete Angie, wie sie Daniel nannte. Daniel versuchte die Stimmung zu retten und lenkte auf den Salat. »Ist der schon angemacht?« fragte er vorsichtig. »Nein, du kannst den Balsamico nehmen, haben wir aus Modena importiert und das edle Olivenöl, hat ein Schweinegeld gekostet« prahlte Markus nun sogar mit Alltagsgegenständen. Doch es ging in selbigem Rhythmus weiter. Markus offerierte zwei der besten Weine und nannte jedes Mal den Preis der Flasche: »Die hier hat hundertfünfzig gekostet und die hier ...« Angelika war es diesmal, die ihm ins Wort fiel: »Die hier hab ich dir geschenkt« sagte sie sichtlich genervt von Markus' Angeberei vor dem zurückhaltenden Gast. »Mit mir hat er noch nie so einen Wein getrunken«

gestand Angelika Daniel, als Markus in die Küche verschwand, um den Wein zu kredenzen. »Wenn seine Kollegen wie du dabei sind, dann muss es immer das Beste und Teuerste sein. Im Club reserviert er ein Séparée und bestellt kübelweise Champagner. Aber wenn es um den Haushalt geht, dann rührt er keinen Finger. Seit wir zusammen wohnen, musste ich immer alle Einkäufe bezahlen und zahle ihm zudem noch jeden Monat Miete für Wasser, Strom und Müll« sagte Angelika stockend und beendete ihren Satz in dem Moment, in dem sie seine Schritte vernahm. Daniel wusste noch von Kindheitstagen, als sie nach der Schule in seine Bäckerei gingen, dass Daniel Markus für jedes Stollwerk und jeden Kaugummi immer zwanzig Groschen geben musste. Markus war extrem sparsam, nein, das war der falsche Ausdruck, er war geizig wie seine gesamte Familie. Angelika tat ihm leid. Sie musste so unsicher sein, dass sie mit jemandem wie Markus, der so von sich selbst überzeugt war, zusammen sein konnte. Jeden Tag stand sie um fünf Uhr in der Früh auf, fuhr mit ihrem Auto bis zum Bahnhof, bezahlte dort fünf Euro Parkgebühr, nahm dann den Railjet nach Zürich, wo sie arbeitete und fuhr am Abend die anderthalb Stunden wieder zurück, nur um Markus zu sehen, mit ihm zusammen zu sein, für ihn zu kochen und zu putzen, zu waschen und zu bügeln. Sie musste masochistisch veranlagt sein, sonst gab es für so ein Verhalten keine Erklärung. Das Beste aber war noch, dass Markus spätestens um neun Uhr unter der Woche schlafen ging, weil er ja früh aufstehen und in die Backstube gehen musste. Da hatte sie dann maximal eine Stunde oder so von ihm. Und so wie Daniel Markus kannte, musste sie ihn jeden Abend oral oder anderweitig befriedigen. Daniel konnte es sich gerade vorstellen, wie Markus bequem auf der sechzehntausend-Euro-Designercouch aus New York lag, Angie ihm ein kühles Blondes brachte, sich vor ihn niederkniete und ihm den Schwanz lutschte, während er Formel 1 oder Fußball kuckte. Markus hatte wohl auf ein zähes Stück Fleisch gebissen, als ihm »Scheiße, was hast du da für eine Scheiße gekauft?« entfuhr. Nun hatte Daniel es zum zweiten Mal gehört, dass er Angelika so nannte. In ihm stieg die Wut hoch. Er wollte das nicht so stehen lassen, das war mehr als entwürdigend: »Und wie nennst du deinen Markus?« fragte er Angelika unbescholten. »Zwübla«

schoss es aus ihr auf Schweizerdeutsch heraus.»Wieso Zwiebel?«
»Ja, weil er aussieht wie eine Silberzwiebel« sagte sie liebevoll und kraulte Markus' Rücken. In der Tat. Aber eher sah Markus aus wie Mehl, wie ein in Anabolika getunkter Mehlsack. Das kam wohl davon, dass er das Brot, das am Abend übrig war, nicht an Bauern verschenkte wie andere Bäckereien, damit es diese ihren Schweinen verfüttern konnten, oder es an die Aktion »Tischlein Deck' Dich!« für einen guten Zweck gab, sondern selber fraß. ›Wenn Angelika nicht für die Einkäufe aufgekommen wäre, dann hätte es wohl heute Abend nur Salzstangen, Semmeln und Croissants gegeben‹ dachte sich Daniel. Er wollte nach all der »Scheiße« um diesen vermeintlichen Superhelden nur noch gehen und am liebsten diese tolle, nette und intelligente Frau mitnehmen, denn sie hatte was besseres verdient. Doch das hätte er wohl nicht überlebt. Er konnte nur erahnen, zu was Markus in seiner Eifersucht alles fähig sein konnte und das wollte er beim besten Willen nicht auf Teufel komm' raus heraufbeschwören.

Maria voller Gnaden

»Und Sie waren der Einzige, der Maria Choumas zuletzt lebendig gesehen hat?« fragte der dickere der beiden Polizeibeamten im Polizeihauptquartier von Chalkidiki Georg Matt. »Ja« entgegnete dieser sichtlich nervös und wie bei den vorhergehenden Sätzen extrem knapp. »Können Sie beschreiben, was sie für Kleidung getragen hat?« wollte nun der dünnere Beamte wissen. »Nein, kann ich nicht« entfuhr es Georg richtig männlich. »Sie haben angegeben, dass Frau Choumas auf der Wiese ganz in der Nähe der Klippen ausgerutscht und anschließend hinabgestürzt sei. Ist das so richtig?« fragte nun der festere Herr Georg, ohne vom Bildschirm wegzuschauen. »Ganz genau« entgegnete Georg Matt in ähnlich ernstem Tonfall und nickte dazu wie ein Europäer, was in Griechenland ein klares Nein bedeutete und bei den Beamten für Verwirrung sorgte. Dass es sich an besagtem Ort zur frühen Morgenstunde zugetragen hatte, entsprach ja auch der Wahrheit. Was nicht stimmte war die Tatsache, dass es sich beim Vorfall, der wie ein Unfall, wie ein Ausrutscher aussehen sollte, um eine Einzelperson handelte. Denn wie ein unglücklicher Zufall es wohl so wollte, konnte Georg Matt in der vorletzten Nacht vor dem Rückflug nicht schlafen. Es war schließlich immer dasselbe bei Vollmond. Obwohl er reichlich Alkohol konsumiert hatte, zeigte dieser nicht seine gewohnte Wirkung. Georg gab dem Wirt die Schuld, der diesen angeblich gepantscht haben soll. Die anderen Mitglieder der Delegation verabschiedeten sich in eine griechische Diskothek, nichtsahnend, dass dort zu 99 Prozent nur griechische Hitparadenmusik und keine englischen oder amerikanischen Charts gespielt werden. Das Positive daran war aber sicherlich, dass alle Beteiligten auf Kosten von Bürgermeister Chaziparaskevas gratis trinken und sich dabei bestens amüsieren konnten. Wie Sandro und Matthias später berichteten, hätten die Bartender ihre europäischen Gäste stets gefragt, wann sie aufhören sollten, einzuschenken. Bei einem Whisky-Cola sei die Mischung genau umgekehrt gewesen wie zuhause, wo das Getränk aus 60 Prozent Cola und 40 Prozent Whisky bestünde, berichteten sie überglücklich und mit ziemlicher Alkoholfahne am Tag danach. Der schlaflose Georg, der in besagter, unsternbedrohter Nacht als Erster zuhause war, konnte die Stille und die Einsamkeit nicht ertragen und beschloss daher kurzerhand, alleine Richtung Hafen zu spazieren, um die ersten Fischer bei ihrer morgendlichen Ausfahrt zu beobachten und Sternbilder zu studieren, welche er gut kannte, da sein Vater Hobbyastronom war und ihn als kleinen Jungen öfters in der Nacht geweckt hatte, um ihm den Großen Wagen oder den Kleinen Bären zu zeigen. Wie ein Lehrer fragte er seinen Sohn nach den einzelnen Sternbildern ab. Als Georg in jener sternklaren Nacht im verträumten Fischerdörfchen Megali Panagia, anderthalb Autostunden von Chalkidiki entfernt, nichtsahnend auf einem kleinen, mit Sträuchern bewachsenen Felsen saß, vernahm er Geräusche, die ihn aufhorchen ließen. Er erkannte zuerst nur Schatten, welche er nicht zuordnen konnte. Zuallererst sah es nämlich so aus, als ob es nur eine Person sei, die einen großen Sack die Klippen hinunter stürzen würde. Als Georg, der von Natur aus nicht nur extrem misstrauisch und voreingenommen, sondern auch neugierig war, und bei jeder Wahl stets das Kreuz bei der grünen Partei machte, aufsprang, um den Übeltäter ob der argen Natursünde zur Rechenschaft zu ziehen, erschrak er ungemein, als er den mit übergezogener Kapuze getarnten Dimitrios Chaziparaskevas vor sich stehen hatte. Dieser erschrak genauso sehr wie Georg Matt. Die beiden Männer, der junge und der alte, standen sich zuerst einige gefühlte Minuten ohne ein Wort zu sagen gegenüber, bis sich Chaziparaskevas, der »Mayor« und das Gesetz des Dorfes schlechthin, zu verstehen gab: »What you just whitnessed here, my friend, was a must-do, you have to understand that!« sagte dieser und klopfte Georg vaterhaft auf seine zitternden Schultern. Er verstand nicht, was Dimitrios ihm sagen wollte, und dass er diese Tat unbedingt machen musste. Wenn jemand so ein Amt inne hatte, dann würde er sich wohl auch die Müllgebühr leisten können, dachte sich Georg in seiner naiven Art. »What you don't know is« riss ihn Chaziparaskevas aus seinen gutgemeinten Gedanken »that Maria was my daughter and I wanted her to get married to Ioannis, but she was cheating on him with Alexandros, a forty year old bastard.« Georgs Kopf begann sich langsam aber sicher zu drehen. Erst jetzt ging ihm ein Funken auf. Es handelte sich ja gar nicht um einen Müllsack. Er hätte sich selbst ohrfeigen können, wie naiv von ihm zu glauben, dass der Mayor Hausmüll entsorgen würde. Maria, die 26-jährige, sollte zwangsverheiratet werden? Die Bedingung war, dass sie jungfräulich in die Ehe ging? Zu seiner Delegation und auch nicht zu Georg hatte sie je erwähnt, dass sie die Tochter des Bürgermeisters war. Was alle wussten war lediglich, dass sie seine Sekretärin war und er auf sie hörte wie ein Hund auf sein Herrchen. Sie stand also auf einen älteren Herrn, was ihrem Vater angeblich missfiel und ordentlich gegen den Strich ging, und so hatte er in dieser Nacht-und-Nebel-Aktion kurzerhand ihren Tod beschlossen. Alles sollte wie ein dummer Unfall aussehen, im taunassen Gras, kurz vor der Osternacht, dem größten Fest im griechisch-orthodoxen Christentum. »What you just saw you did not saw, ok. When police will question you, you can say that you saw only Maria tonight. You know that I am a powerful person and whenever you have a problem, you can come to me and I will find solution for you, my friend!« Wieder klopfte Dimitrios Georg freundschaftlich auf dessen Schultern und grinste dabei hämisch. Georg wusste nicht wirklich, wie es mit ihm geschah. Er war ein wahrheitsliebender Mensch, aber egal was er aussagen würde, er würde in größte Schwierigkeiten geraten. Wenn er die Wahrheit sagen würde, dann würde es ihm womöglich gleich ergehen wie dem blondhaarigen Mädchen mit Pagenschnitt, die jetzt wie ein Stein in einem schwarzen Müllsack gefesselt auf dem Meeresboden lag. Oder der Mayor würde sein Leben irgendwie zu verwirken versuchen. Wenn er eine Falschaussage machen würde, um den Bürgermeister und vor allem sich selbst zu schützen, dann würde dies Maria auch nicht wieder lebendig machen. Seine Gedanken wurden immer wirrer und diffuser. Was er hier bisher erlebt hatte, kannte er nur aus Mafia- und Cosa-Nostra-Filmen aus Kalabrien und Sizilien. Dimitrios Chaziparaskevas war in der Tat eine nicht zu unterschätzende Persönlichkeit, die überall ihre Finger im Spiel hatte und die höchstrangigsten Regierungs- und Militärmitglieder persönlich kannte. In Chaziparaskevas' Welt ging alles um Bestechung. Geld regierte schliesslich die Welt, und wann nicht hier, an diesem gottverlassenen Ort, wo jeder jeden kannte und auch deckte, würde dieser alte Spruch am wahrsten sein? »Don't forget my friend, that whenever you are in trouble, I can help you, I promise!« sagte der »Bürgi«, wie ihn Georg in seiner ulkigen Art nannte, als hätte dieser seine Gedanken erraten und wollte ihn als wahren Komplizen gewinnen. Der Chef des Dorfes blickte noch einmal hinter sich, um sicherzugehen, ob er irgendwelche Spuren hinterlassen hatte, wischte seine Hände im feuchten Gras ab und bedeutete dann Georg, dass er zurück ins Hotel gehen und schlafen solle. Wie ein kleiner Junge folgte Georg diesem Geheiß. Auf leisen Sohlen schlich er sich in sein Zimmer und legte sich, ohne sich seiner Kleidung zu entledigen und in den blau-gepunkteten Schlafanzug zu schlüpfen, wie ein Stein, der ins Wasser fällt, auf sein Kingsize-Bett. Es war ein Glück, dass er ein Einzelzimmer bekommen hatte. Dies auch nur, weil er später als die Gruppe angereist war, wegen dieser serbischen Hochzeit von seinem alten Schulkameraden Nenad, der heute in Belgrad wohnte und eine Frau, die seine Eltern für ihn ausgewählt hatten, geheiratet und bereits geschwängert hatte. In jener Nacht machte Georg kein Auge zu. Er war hin- und hergerissen. Vor seinem geistigen Auge tauchte immer wieder das strahlende Antlitz von Maria Choumas auf. Er fragte sich, warum sie nicht Chaziparaskevas hieß, wie ihr Vater, der Bürgermeister. Die Kultur der Griechen war der von Georg in vielem ähnlich, dennoch waren sie allein von der Religion her nicht katholisch sondern griechisch-orthodox, sprachen eine andere Sprache, pflegten ein anderes Schriftbild und vor allem was Bräuche, Sitten und Familientraditionen anbelangte, konnten die Unterschiede wohl nicht größer sein. Warum sie den Namen ihrer Mutter hatte, war Georg schleierhaft. Er wollte, doch konnte es nicht verstehen. Er verstand irgendwie gar nichts mehr. Wurde sie adoptiert? Hatte ihr angeblicher Vater, der Bürgi, wohl ein sexuelles Verhältnis mit ihr? Aus dem Land, aus dem Georg kam, gab es viele Fälle und aktuelle Skandale, wo Väter mit ihren eigenen Töchtern sogar Kinder gezeugt und diese Jahre lang vor der eigenen Frau ferngehalten hatten und im hauseigenen Keller versteckt hielten. In jener Nacht würde er wohl keinen klaren Kopf mehr bekommen. Seine Fantasie ging sowieso mit ihm durch. Er wollte nur mehr schlafen, schlafen und nichts als schlafen. Georg wollte das Gesehene ungesehen machen, das Geschehene ungeschehen. Er wünschte sich, dass all das nie passiert wäre, dass er nie zum stummen Augenzeugen eines Ehrenmordes geworden wäre, und somit zu jemandem, der sobald die Sonne aufging reden musste und keinen Fehler machen durfte. Warum nur war er in jener Nacht aufgestanden und Richtung Hafen gegangen? Als Kind schon hatte er schlafgewandelt. Seine Mutter sagte immer, er sei mondsüchtig. In vielen Nächten verließ er sein Bett, ging in seinen Pyjamas vor das Haus und bis unter die Straßenlaterne, wo ihn seine erschrockenen Eltern wiederfanden und zurück in sein Bett brachten. Warum konnte er nicht einfach so sein wie Sandro, Tobi oder Bertram. Ja Bertram, genau der, der seit dem Vorfall in der Tropfsteinhöhle ihm gegenüber kalt und reserviert war. So was konnte doch jedem einmal passieren, schließlich konnte man den Drang zu Erbrechen nicht unterdrücken oder abstellen. Georg konnte auch nichts dafür, dass andere weniger Alkohol tranken oder diesen besser vertrugen als er. Er war sich sicher, dass er deshalb in dieser Woche so viel Alkohol konsumierte, weil dieser gratis war und weil es doch einfach seine Kultur war und es immer einen Grund zum Saufen gab. Um vielleicht doch noch einschlafen zu können, summte er die Melodie von Udo Jürgens »Griechischer Wein« vor sich hin, zur Decke starrend, die einzelnen blonden Strähnen der ertrunkenen Maria zählend, wie andere Leute Schäfchen. Er erhob sich kurz aus seinem Bett, um einen ordentlichen Schluck von der halb leeren Flasche Retsina zu trinken, welche unter der Fensterbank stand. Georg sah den Mond, wie er ihn ob seiner Strahlkraft blendete und ihm drohte, dass er sich nicht nähern solle. Er legte sich widerwillig hin, nachdem er wie ein kleiner Junge dem runden Mond, der sich hinter der Fensterscheibe aufbäumte, den Mittelfinger gezeigt hatte. Es gab auch Dinge, die ein Tycoon wie Chaziparaskevas von ihm nicht wusste, wie auch, sie kannten sich ja erst seit den vergangenen Tagen. Georg beabsichtigte nach erfolgter Rückkehr in seine Heimat nach Innsbruck zu gehen, um dort ein Studium der Rechtswissenschaften anzutreten. Ja richtig, er wollte JURA studieren, um Anwalt zu werden. Wie seine Freunde immer spöttisch sagten »Rechtsverdreher«. Die Aussage bei der griechischen Polizei würde wohl nicht zählen. ›Schließlich ist niemand perfekt und einmal ist keinmal‹ dachte sich Georg Matt. ›What happens in Megali Panagia, stays in Megali Panagia!‹

Crap Crap

Es war wohl eine der schwülsten Nächte, die Chiang Mai in jenem Jahr, in dem Robert auf Sex-Tour war, erlebt hatte. Die Luftfeuchtigkeit war derart groß, dass es besonders für Europäer, die dieses Klima nicht gewohnt waren, so war, als würden sie ständig zwischen Dusche und Sauna hin und her wechseln. Ob dies der einzige Grund war, der in jener verhängnisvollen Nacht einen Unglücksstern losgetreten und Robert Bitschnaus Sinne ganz zu vernebeln drohte, bleibt bis heute dahingestellt. ›Dieser dreckigen Nutte hab ich's gezeigt‹ waren Roberts einzige Gedanken. Das Gefühl der Genugtuung schienen ihm mehr Befriedigung zu verschaffen als der Sexualakt. Dennoch schlummerte dieser zuvor noch nie dagewesene Gefühlszustand in ihm und drohte jeden Moment wie ein aktiver Vulkan auszubrechen. Das Gefühl war derart geil, dass Robert süchtig danach zu werden drohte. Es musste noch mehr geben. Gut, er hatte den Spieß wie ein Profi, der sich nicht aufs Glatteis führen ließ, geschickt umgedreht und das Miststück, wie er die leichtbekleidete Frau bezeichnete, kurzerhand betäubt. Er hatte dieser Mailin so richtig gezeigt, dass er, Robert Bitschnau, sich nicht verarschen ließ. Schließlich war er ein waschechter Montafoner, was bei vielen seiner Charakterzüge nicht von ungefähr kam. Bis er mit achtzehn von zuhause auszog, Schruns, der sogenannten Hauptstadt des Alpentals den Rücken kehrte und sich in Feldkirch, einem mittelalterlichen Städtchen, das für ihn eine richtige Stadt darstellte, eine Zweizimmerwohnung nahm, war er mit den urtypischen Gebräuchen und dem Alltag der »Bergler« aufgewachsen und damit vertraut wie kein anderer. Er half dem benachbarten Landwirt täglich beim Melken und Misten der Kühe. Ob von dort die Faszination nach Zitzen kam, das wusste er nicht genau. Robert konnte jodeln und Ziehharmonika spielen, was er bei diversen

Volks- und Bierfesten schon öfters unter Beweis stellen konnte. Im Dorf war er bekannt als netter Schürzenjäger, der allerdings keiner Fliege etwas zu leide tun könnte. Robert verstand es, wie die »Iihemischa« – wie sich die Einheimischen gerne selber bezeichneten – zu denken und hatte auch keine linguistischen Schwierigkeiten bei Sätzen wie »Mit dr Batsida gullimuck übers Reh ahe«, was so viel hieß wie »mit der Milchkante über Stock und Stein den Berghang hinunter zu gehen«. Was ihm jedoch in jener Nacht im schwülen Chiang Mai, im Norden seines absoluten Lieblingslandes, die Sinne betäubte und ihn antrieb, konnte er sich nicht erklären. Plötzlich fiel es ihm wie Schuppen von den Augen. Robert setzte sich auf eine Parkbank und begann seine Beute genauer zu betrachten. Irgendwie kam er sich wie ein Dieb vor. Doch eigentlich war das, was er gemacht hatte, nichts anderes als Notwehr. Klar, er hätte ja nichts mitnehmen müssen, das war vielleicht nicht so schlau, aber zurück an den Tatort wollte er auf keinen Fall. Die erste Geldtasche, die er öffnete, und die aus auffallendem Lederimitat bestand, enthielt nur ein paar Tausend Baht. Die zweite hatte etwas mehr an Bargeld, aber noch mehr Plastikkarten wie diverse Kreditkarten, einen Führerschein, einen Personalausweis und auch Visitenkarten von verschiedenen Restaurants und Tour-Anbietern. Sie stammte von einem Touristen aus Deutschland der Guntram Bechter hieß. Robert sah sich dessen Personalausweis genauer an und stellte fest, dass dieser im selben Jahr wie er geboren war und aus Lindau kam. In seiner linken Hand hielt er die dritte Geldtasche, die er nun zunehmend neugieriger wie die anderen zuvor öffnete. Hinter einer Visa-Kreditkarte entdeckte der Bankangestellte eine weitere Kreditkarte, die aussah wie seine. Er wurde etwas stutzig und zog diese ohne zu zögern heraus. Es handelte sich dabei tatsächlich um eine blaue Maestro-Karte von der hiesigen Sparkasse. Als Robert den Namen des Eigentümers las, war es, als würden Blitze durch seinen ganzen Körper dringen: Markus Hehle. Unglaublich! Das war doch der Bäcker aus Götzis, der mit dem weißen Audi R8. ›Krass! Ich wusste gar nicht, dass Markus unlängst hier war‹ dachte sich Robert sofort. Ab jenem Zeitpunkt war für ihn klar, dass diese Prostituierte namens Mailin – ob sie ihm nun ihren richtigen Namen genannt hatte oder nicht, das war für ihn erst mal dahingestellt – eine Professionelle war. Es handelte sich bei ihr um eine vorsätzliche Betrügerin, eine Kriminelle, die eine Gefahr für alle Männer und ferner auch Thailands Tourismus darstellte. Für Robert Bitschnau stand ab jenem Zeitpunkt fest, dass er sofort handeln musste. Er musste diese Frau, am besten noch bevor sie wieder zu sich kam, niet- und nagelfest machen, sie vor weiteren Raubzügen und tätlichen Angriffen auf leichtsinnige und gutgläubige Sextouristen fernhalten. Beweise hatte er zuhauf in seinen bloßen Händen. Also war es doch gut, dass er alles, was er in dem Zimmer, in ihrer Handtasche und in der Nachttischschublade gefunden hatte, mitnahm. Ohne noch mehr Gedanken zu verschwenden, eilte er großen Schrittes zur nächsten Polizeiinspektion und erzählte den gelangweilten Beamten, die an einem alten Computer gerade Tetris spielten, von dem Vorfall. Natürlich wollten diese sofort die Raubgegenstände sehen. Robert war sich nicht sicher, ob er ihnen vertrauen konnte, schließlich war Thailand eines der korruptesten Länder der Welt und womöglich würden die Polizisten das ganze Bargeld an sich reißen und sich damit einen schönen Abend machen. Doch es blieb ihm ab jenem Zeitpunkt keine andere Wahl. Was er nicht wollte war, den Bäcker aus Götzis in die Sache zu verwickeln und erwähnte deshalb vor den Beamten nicht, dass er diesen kennen würde. Ob das was nützte, war nicht gewiss. Denn womöglich würden die Polizisten Markus Hehle kontaktieren, nicht nur wegen des möglichen Ehrenkodex, sondern auch, damit Thailand als sicheres Land dastehen und es keinen Tourismuseinbruch wegen Geschichten wie dieser geben würde. Vielleicht aber auch nicht, weil dies zu aufwendig wäre, oder sie einfach alles behalten wollten und schlichtweg zu faul waren, ihre Pflicht zu erfüllen. Es war drei Uhr morgens. Die beiden Beamten in der kleinen Polizeiwacht stellten Robert alle möglichen Fragen, die er wahrheitsgetreu beantwortete. Einer schrieb auf dem alten PC mit, nachdem er die Partie Tetris zu Ende gespielt hatte. Nach etwa anderthalbstündigem Verhör bedeuteten die zwei Polizisten Robert, dass er mit ihnen mitkommen müsse. Er fragte zweimal nach, wohin und weshalb. Daraufhin schrien sie etwas auf Thai, das wie »Crap Crap« klang und angeblich sehr wichtig war. Sobald Robert Thai hörte, klang alles nach »Crap Crap«. Irgendwie war es das am meisten gebrauchte Wort in dieser ihm fernen Sprache, die er weniger verstand als Mandarin, wo er zumindest ein »Ni Hao« deuten konnte. Noch ehe er sich versah, saß Robert auf der Rückbank des halb verrosteten Polizeiwagens. Die Türen konnten nicht von innen geöffnet werden, soviel stand für ihn schon mal fest. Erst jetzt drehte sich einer der Beamten zu Robert um und gab die Absicht der frühmorgendlichen Ausfahrt bekannt. Die Polizisten wollten Robert wohl als Navigationsgerät missbrauchen. »You show us place where robbery woman is!« lautete der unmissverständliche Befehl, den der Beifahrer aussprach. Sie wollten an den Ort des Geschehens, wahrscheinlich für einen Lokalaugenschein und auch um Spuren zu sichern, Fotos zu machen und die Dirne endlich hinter Gitter zu bringen. Robert hatte zwar nicht damit gerechnet, dass er nach seiner Anzeige gegen Unbekannt noch etwas mit dem Ganzen am Hut haben würde, doch es blieb ihm keine andere Wahl als mitzukommen. So fuhren sie einige Minuten, bis sie zu der Hütte kamen, in welcher ihn Mailin betäuben und ausrauben wollte. Die Beamten bedeuteten Robert, dass er keinen Laut von sich geben und ihnen auf Schritt und Tritt folgen solle. Die beiden Bullen zogen schwungvoll wie amerikanische Cops in Hollywood-Filmen ihre Pistolen aus dem Hüfthalter und traten die Tür der Holzhütte mit voller Wucht ein. Drinnen inmitten des Zimmers lag noch immer die reglose und splitternackte Mailin. Es schien, als wäre die Zeit stehen geblieben. Roberts Gliedmaßen drohten auf der Stelle zu gefrieren. Dass sich die Situation so darstellen würde, an das hatte er im Traum nicht gedacht. Es war ihm unglaublich peinlich, dass die beiden Polizeibeamten nun das von ihm zuvor vollbesamte Gesicht der jungen Prostituierten erblicken mussten und davon auch noch Beweisfotos machten. Die beiden Polizisten schienen mit einem derartigen Anblick auch nicht gerechnet zu haben. Der eine, der zuerst das Zimmer betreten hatte, sagte irgendetwas und deutete mit seinem Zeigefinger auf den oberen Teil der regungslos daliegenden Frau. Sogleich ergriff er ihren Hals und suchte nach ihrem Puls. Nun stand auch der andere Polizist auf der anderen Seite des Kopfes der entblößten Dame. Robert stand bei den Füßen und blickte angsterfüllt auf ihren erstarrten Körper. Es gab keinen Puls, keinen Herzschlag. Sie war tot. Die Totenstarre war durch erste äußere Anzeichen bereits zu erkennen. Einer der Beamten schloss die Augen der Frau mit seiner flachen Hand und wischte diese sogleich an einem Taschentuch ab, da Sperma auch in ihren Augen war. Roberts Herz drohte in diesem Augenblick ebenfalls stehen zu bleiben. Er stand wie zur Salzsäule versteinert im Raum und starrte auf die Frau, die er zuvor gefühlt und gerochen hatte. »Did you kill her?« war die erste Frage des einen Beamten. Seine Stimme überschlug sich bei der Frage beinahe. »Why didn't you tell us before?« ergänzte der andere. Ihren Stimmen war zu vernehmen, dass sie wütend und extrem verärgert waren. Als Robert einen Schritt zurück machte, gaben ihm die Ordnungshüter zu verstehen, dass er sich nicht vom Fleck rühren solle. »Don't move!« schrien ihn beide zugleich an. Roberts Herz rutschte ihm dabei in die Hose. Er bemerkte, dass sein Hosenstalltor noch offen war, doch er war zu gelähmt, dass er den Zipper nach oben hätte ziehen können. Seine Harnblase gab just in dem Moment nach und er machte in die Hose. Sein warmer, angsterfüllter Harn schaffte es in jenem Augenblick nicht, ihm ein Gefühl der Behaglichkeit zu geben. Es war ihm nicht einmal peinlich, dass es aus seiner Jeans zwischen seinen Beinen auf den Holzboden tröpfelte. Einer der Polizisten zückte nun eine kleine Digitalkamera aus seiner Jackentasche und machte Fotos von der toten Frau auf dem Bett, vom ganzen Zimmer, vom Nachtkästchen, dessen Schublade noch offen war, und auch gleich von Robert. Ohne sich zu wehren ließ dieser alles über sich ergehen. ›Es ist vorbei. Ich bin der dümmste Freier, den die Welt je gesehen hat!‹ ging es ihm durch den Kopf, der schwer war und höllisch schmerzte. Warum war er nur zu den Bullen gerannt, fragte er sich selbst, immer und immer wieder. Noch bevor er auf einen anderen Gedanken hätte kommen können, wurde er von beiden Seiten von den Polizisten an den Oberarmen festgehalten, seine Arme auf den Rücken gedrückt und ihm Handschellen angelegt. »What are you doing?« sagte er mit schwacher, sorgenvoller Stimme. »You are arrested!« gab ihm einer der Gesetzeshüter zu verstehen. »You now come with us to police office« waren die letzten Worte, die Robert beim Hinausgehen aus der Holzhütte vernahm, denn ohne dass die Polizisten seinen Kopf beim Einsteigen in das Polizeiauto nach unten gedrückt hätten, so wie es in amerikanischen Filmen immer vorkommt, saß er auf der Rückbank des Wagens und hatte noch höllischere Kopfschmerzen wie im Augenblick zuvor. Er war zu schwach um zu schreien oder um eine Träne zu vergießen. Der Schock, dieses Mädchen, das zwar nicht unschuldig war, getötet zu haben, saß tief. Andererseits überkam ihn gerade als die Polizisten losfuhren ein neuer Gedanke: ›Hätte ich ihr das Getränk nicht eingeflößt, dann wäre sie noch am Leben‹ war der erste Gedanke. Darauf die logische Schlussfolgerung: ›Aber wenn sie mir das eingeflößt hätte ... oder wenn ich aus dem Glas getrunken hätte, dann würde ich jetzt da tot liegen!‹ sein nächster Gedanke, der ihn kurz innehalten ließ. Der gute Engel und der Todesengel reichten sich in jenem Moment die Hände. Wahrscheinlich war es einfach ein Fehler in der richtigen Dosierung dieser K.O.-Tropfen. Diese mussten derart hoch angesetzt worden sein, dass man davon nicht mehr aufwachen würde. Nach kurzer Fahrt wurde Robert aus seinen abstrusen Gedanken gerissen. Es wurde eine der Türen geöffnet und er wurde wie ein Tier aus dem Wagen gezerrt. »Come!« befahl einer der Polizisten. Robert wurde in eine Gefängniszelle gesteckt. Auf dem Boden vor ihm lag eine silberne Metallschüssel, daneben eine Toilettenschüssel ohne Deckel. Eine Kakerlake rannte hinter der Schüssel hervor und steuerte auf eine Ecke in der zwei mal zwei Quadratmeter großen Gitterbox zu. Hinter sich hörte er einen Schlüssel zweimal im Schloss drehen. Es überkam ihn die pure Angst, gemischt mit Panik und einem Gefühlscocktail, den er zuvor in seinem Leben noch nie gekannt hatte. Schliesslich war er ein gestandener Mann. »How long do I have to stay here?« fragte Robert mit leicht flehendem Klang in seiner Stimme. Doch er bekam keine Antwort. Es schien, als ob er ganz alleine in diesem kahlen, kalten Raum wäre. Zu allem Überdruss ging auch noch das Licht über seinem Haupt aus. Das war sein Ende.

Der gute Samariter

»Georg? Nein, der wohnt schon lange nicht mehr hier ... Ja, wir sind seine Untermieter ... Ja, er ist zurück zu seinen Eltern nach Übersaxen gezogen ... Seine Nummer? Warte kurz ...« Markus hängte den Hörer des Haustelefons in die Gabel. Das Retrotelefon in knalligem neongrün war ein Blickfang, auf den er stolz war. Das Allerbeste war, dass es bereits in der Wohnung war, als Angelika und er die Wohnung vor genau einem halben Jahr bezogen hatten. Genauso wie die Designercouch aus New York, die sie gleich darauf ordentlich eingeweiht hatten. »Wer war das?« wollte Angelika wissen, die Markus angeblich beim Telefonieren zugehört hatte und seinem Kontrollwahn und seiner Eifersucht begegnete, in dem sie gleich agierte, wie ihr leidenschaftlicher Freund. »Ein gewisser Robert. Sei ein alter Kollege von Georg. Er meinte, dass er ihn auf dieser Nummer erreichen würde. Es würde um Leben oder Tod gehen!« Er verdrehte abwertend seine Augen und hob dabei die linke Augenbraue. »Hab ihm Georgs neue Handynummer gegeben« beantwortete Markus die Frage seiner Zürcher Freundin, für die er einen Spitznamen hatte, der eher das Produkt beschrieb, das andere Menschen am stillen Örtchen erzeugen. Was die beiden nicht wussten war, dass Robert nur diesen einen Anruf hatte, auf den er Wochen hatte warten müssen und über sich dreiste Schikanen von sadistisch anmutenden Polizisten ergehen lassen musste. So vergingen mehrere Wochen seit jenem merkwürdigen Anruf. Eines Tages kam Georg Matt, der eigentliche Eigentümer der luxuriös eingerichteten Wohnung in einer der besten Lagen des Landes, auf Besuch zu Markus und Angelika. Georg wollte nämlich den Flügel veräußern, da er noch mehr in Geldnöten steckte als zuvor und somit sein Studium nicht finanzieren konnte. Bei besagtem Besuch, bei dem Georg Matt mit einem Interessenten, der auf das Inserat des

Tasteninstruments, welches er auf einer Online-Plattform eingestellt hatte, geantwortet hatte, in seiner untervermieteten Wohnung aufkreuzte, erwähnte sein Freund Markus ganz beiläufig den unerwarteten Anruf, der mittlerweile Wochen zurücklag. Da Georg von nichts wusste und zwischenzeitlich auch keinen Anruf bekommen habe, wurde Angelika etwas stutzig, vor allem da sonst nie jemand auf dem neongrünen Retrotelefon anrufen würde, außer eben jenes eine Mal frühmorgens, was natürlich auf die Zeitverschiebung zurückzuführen war. Markus hatte in der Zwischenzeit natürlich längst vergessen, wie der Anrufer hieß, doch seiner Schweizer Freundin war der Name noch geläufig: »Es war ein gewisser Robert, kann das sein?« sagte diese in ihrer lieblichen Art zu Georg, der seine Nase rüffelte. Georg überlegte kurz und stieß dann ein lautes »Der Robert, dieser alte Zipfelklatscher, natürlich. Was um Himmels Willen will der von mir? Hat bestimmt wieder irgendeinen Mist gebaut, der verdammte Bergler« aus. Wie Georg Matt über seine Freunde sprach verunsicherte Angelika ein wenig, Markus war dieser Umgangston gewohnt und redete selbst nicht anders über seine Kumpels. Georg Matt, der das nötige Geld für das zweite Semester seines Jus-Studiums in Tirol benötigte, hatte großes Glück an jenem Tag, denn der potentielle Verkäufer stellte sich als ein echter Verkäufer heraus und blätterte vor aller Augen mehrere lilafarbene Geldscheine auf Georgs ausgestreckte Hand. Freudestrahlend fuhr Georg anschließend nicht wie gewohnt mit der Bahn an seinen Studienort, sondern nahm zur Freude des Tages ein Taxi – der Sparsamste war Georg Matt noch nie gewesen, vor allem nicht, wenn er eine prall gefüllte Geldtasche an seiner linken Pobacke spürte. Zurück an seinem Studienort in der Wohnung, für welche seine Eltern zu fünfzig Prozent aufkamen und die während den Sommermonaten, wenn Georg über drei Monate lang Ferien hatte, untervermietet wurde, erinnerte er sich an das geführte Gespräch und seinen Montafoner Freund, der vor einiger Zeit mit seiner Schwester Veronika zusammen gewesen war. Die beiden befreundeten sich, da Georg damals noch wie auch seine Schwester bei seinen Eltern gewohnt hatte und Robert regelmäßig zu Besuch kam, und verbrachten am Schluss mehr Zeit miteinander als Robert mit Veronika, was recht untypisch war. Die beiden jungen Männer stellten nämlich fest, dass sie einen ganz guten Draht zueinander hatten, der über das reine Biertrinken und dreckige Witze erzählen hinausging und gemeinsame Interessen wie Politik, Internet und Reisen vollumfänglich behandelte. Auf mehreren Reisen – hauptsächlich Kurztrips und Städtereisen in Metropolen wie Berlin, Paris, Barcelona oder London, wo das kühle Blonde oder weiße Spritzer stets im Vordergrund standen – vertieften sie ihre Freundschaft und hatten zuhause immer viele interessante Geschichten zu erzählen, die ihren Zuhörern ob der Verrücktheiten und Zufälle, welche den beiden im Ausland widerfuhren, immer recht unglaubwürdig erschienen. Auf jeden Fall entsann sich Georg an jenem Nachmittag in der kleinen, aber ebenfalls luxuriös eingerichteten Studentenwohnung inmitten der Tiroler Berge an Robert. Da Georg mit dem Internet und allem voran Online-Suchdiensten recht versiert war, machte er ohne viel Aufwand zu betreiben den letzten Aufenthaltsort von Robert ausfindig und staunte nicht schlecht, dass dieser Chiang Mai in Thailand hieß. ›Robert ist ernsthaft in Gefahr, sonst hätte er sich niemals aus dem Ausland bei mir gemeldet. Schließlich ist er, vor allem was Telefonieren und Roamingkosten anbelangt, ein richtiger Sparfuchs. Er ruft ja nicht mal seine Mutter an, wenn er mehrere Monate in Asien ist‹ sagte sich Georg Matt laut vor. Robert war nämlich der Einzige, der von seinem tiefsten Geheimnis wusste, auch wenn es sich dabei nur um Oberflächliches handelte, da Georg ein zutiefst misstrauischer Mensch war, der nicht einmal seiner eigenen Mutter über den Weg traute und seinen eigenen Schatten verdächtigen würde, dass er ihm folgte. Da in Kürze Semesterferien anstanden, entschloss sich Georg kurzerhand, dass er einen Flug in den Norden des Königreichs buchen würde, vor allem, da es ihm in Innsbruck zu jener Jahreszeit recht kalt war und er sogenannte »winter escapes« liebte. Er konnte ja seinen Laptop mitnehmen und ein bisschen »work and travel« betreiben, wie es so schön in der Geschäftswelt hieß, zu der er sich stets sehr hingezogen fühlte. Da der Student noch genügend Flugmeilen zur Verfügung hatte, wollte er diese für einen sehr günstigen First-Class-Flug mit Thai Airways verwenden. Es war ihm nämlich immer wichtig wann er reiste, dass er stets die nationale Fluglinie des Landes, in das er flog, benutzte. In Israel war er mit El Al unterwegs, in Australien mit Qantas oder in die Schweiz stets mit Swiss. Am Tag darauf befand sich Georg Matt, der nur mit Bermudas und einem T-Shirt bekleidet war, in seiner Wunschdestination. Das Erste was er tat, war der Gang an die Hotelbar, wo er einen Martini konsumierte. »Geschüttelt, nicht gerührt!« befahl er dem Kellner, der zwei Köpfe kleiner war als er. Es war nicht zu überhören, dass Georg Matt James-Bond-Filme gerne mochte. Nach dieser Erfrischung machte er sich auf die Suche nach seinem verschollen geglaubten Freund. Georg wusste, dass dieser gerne in Bordellen und ähnlichen Etablissements verkehrte und so begab er sich auf die Suche, natürlich nicht ohne Hintergedanken, um selbst von dieser Suchaktion im wahrsten Sinne des Wortes profitieren zu können. Es war wirklich erstaunlich, wie bekannt sein Bergler-Freund in der Umgebung war, die jedes Jahr vom Monsunregen heimgesucht wurde. Es genügte, wenn Georg den Huren den bloßen Namen von Robert nannte, er musste nicht einmal beschreiben wie Robert aussah, was ihm ehrlich gesagt recht war. ›Gut, dass du immer deinen echten Namen nennst!‹ stammelte Georg vor sich hin und musste laut lachen. Für jede Auskunft belohnte Georg in »Guter-Samariter-Manier« jede Frau mit seinem »magic love stick«, schließlich war er ja sozial und beglückte gerne andere Menschen. Er erinnerte sich an den Verkauf des Klaviers, der vor Kurzem über die Bühne gegangen war und von dem er sich zuerst schweren Herzens trennte. Aber er konnte die vielen Scheine in diesem südostasiatischen Land bestens gebrauchen, denn er lebte gerne auf großem Fuß und liebte es, wenn er andere – allen voran spießige Typen und hübsche Mädchen – mit Geld beeindrucken konnte. Das, was ein Fick zuhause in Österreich, Deutschland oder besser noch in der benachbarten Schweiz kostete, für das konnte er in Thailand entweder einen Gangbang mit zwanzig Nutten machen oder die Damen für eine ganze Woche lang kaufen. Nach einer ausgiebigen Suchaktion in den berüchtigtsten Bordellen von Chiang Mai erhielt Georg Matt schließlich gleich mehrere Puzzleteile von einer gewissen Madame Tao-Trang zugespielt: »Your friend was in house of Mailin. Mailin dead. Your friend in prison at police station.« Diese Auskunft war sehr aufschlussreich. Georg küsste Tao-Trang auf den Mund und steckte ihr einen großen Geldschein in ihren Ausschnitt. Kurz darauf befand er sich auf besagter Polizeistation, wo ihm gesagt wurde, dass er Robert Bitschnau nicht sehen könne. Doch so leicht ließ sich ein Georg Matt nicht abweisen, schließlich hatte er ja eine weite Anreise hinter sich und würde keine Kosten und Mühen scheuen, genau so, wie er es sich von seinem Freund Robert umgekehrt auch erwarten würde. Georg griff an seine linke Pobacke, holte seine prallgefüllte Ledergeldtasche hervor, öffnete sie und schob den Beamten, welche ohne etwas zu sagen mit großen Augen den Vorgang beobachteten, einen ordentlichen Patzen Geldscheine entgegen. Es war wirklich interessant festzustellen, wie rasch die Beamten ihre Meinung änderten. Ein breites Grinsen war auf ihren sonnengebräunten Gesichtern zu verzeichnen. Sie sahen sich – noch immer ohne ein Wort oder ein Laut von sich zu geben – gegenseitig an und bedeuteten dann Georg, dass er mitkommen solle. Was er wohl getan hätte, wenn diese simple Bestechung nicht funktioniert hätte, fragte er sich just in jenem Moment. Sie hätten ihn ja einfach hinausschmeißen können, schließlich wusste man nie, wie bestimmte Menschen in bestimmten Situationen reagieren würden. Georg wäre allerdings dann nicht einfach gegangen. Er hätte seine Niederlage mit den berühmten Worten seines Landsmannes Arnold Schwarzenegger, der steirischen Eiche, die seit dem Film Terminator zur Legende wurde, gefeiert. Sein »I'll be back!« hätte allerdings nicht diesen tollen steirisch-amerikanischen Akzent gehabt und er hätte auch das »baby« weggelassen. Es wäre ihm dann wohl eher danach gewesen, die beiden Beamten als »Bastards« zu bezeichnen, doch er war schließlich kein Pubertierender mehr so wie damals in Satteins. Vor Jahren hätte er es noch gemacht, doch seitdem er damals so richtig Stress mit den Bullen gehabt hatte, weil er nach ordentlichem Alkoholkonsum aggressiv auf den Bruder seiner damaligen Freundin Manuela wurde und auf diesen los ging, Manuela kurzerhand die Polizei rief, welche Georg gleich bei deren Erscheinen ebenfalls mit Tritten eines Besseren belehren wollte, bis diese Pfefferspray zum Einsatz brachten und ihn in eine sogenannte Ausnüchterungszelle steckten, ohne dass er seine brennenden Augen mit Wasser auswaschen durfte. Erst nach Stunden schmissen sie ihm damals einen Kübel mit dreckigem Wasser hin. Es folgte ein Gerichtsprozess, den Georg Matt verlor und sich in jenem

Augenblick schwor, dass er, sobald er die Matura bei der Abendschule gemacht hatte, Rechtswissenschaften studieren würde, damit so etwas nie wieder geschehen würde. Georg wusste aus eigener Erfahrung, auf die er gerne verzichtet hätte, wie es sich in so einer verdammten Gitterbox anfühlte. Man fühlte sich hundeelend und wurde herablassend und menschenunwürdig behandelt. ›Sobald du eine Zelle betrittst, hast du keine Rechte mehr‹ sagte Georg immer wieder, wenn er über diese Zeit sprach. Nur sehr wenige wussten, dass er vorbestraft war und auf Bewährung freigelassen wurde. Für Georg Matt stand eines fest: Sein alter Freund Robert würde es ihm wohl ewig danken, dass er ihn da rausholen würde. Nach wenigen Metern schon stand Georg vor Robert, den er in einer dunklen Ecke hinter den Gitterstäben ausmachte. Als dieser das Geräusch eines sich im Schloss zweimal drehenden Schlüssels vernahm, öffnete Robert seine Augen und entdeckte Georg. »Georg« stammelte er mit schwacher Stimme. »Wie gut, dass du da bist. Es gibt also doch noch Wunder. Ich bin fast wieder gläubig geworden in dieser verdammten Hölle ...« Er wurde von einem der Beamten unterbrochen. »Get out of here. Never come back!« schrie der eine, größer gewachsene mit dem schütteren Haar. Schnurstraks verließen die beiden Freunde das heruntergekommene Polizeirevier mit der Gitterbox, in der Robert einige Wochen verbringen musste, bis sein guter Samariter kam, um ihn zu retten. »Georg Matt, du geile Sau. Ich bin frei, das ist so verdammt geil!« sagte Robert nun mit deutlich erleichterter Stimme, aber mit zusammengekniffenen Augen, da ihn das grelle Sonnenlicht blendete, als die beiden ins Freie traten. Draußen zeigte Robert seine Dankbarkeit, in dem er Georg umarmte wie einen alten Busenfreund. »Und was stellen wir jetzt an, wo du ein freier Mann bist, Robbie?« fragte Georg spitzbübisch. »Was hältst du davon, wenn wir dieses verdammte Dreckland verlassen, denn ich hab die Schnauze voll von diesem »Crap Crap« hier, kann es nicht mehr hören. Wie wär es mit einer kleinen Luftveränderung?« – »An was denkst du?« fragte Georg. »Lass uns nach Kambotscha fliegen. Dort ist weniger Tourismus und wir können so richtig die Sau rauslassen und uns von Süden nach Norden durchvögeln.« »Ausgezeichnete Idee. FRISCHFLEIIISCH!« rief Georg lüstern und gab Robert die Ghettofaust. An der Hotelbar gönnten sich die beiden noch einige Drinks, und Georg musste noch den maßgeschneiderten Anzug, welchen er tags zuvor bei einem Thai-Schneider in Auftrag gegeben hatte, abholen. ›Spottbillig und sitzt perfekt!‹ sagte der Möchtegernanwalt, der sich schwor, sich nie wieder eine Auseinandersetzung mit der Exekutive zu leisten, da dies seine Karriere ernsthaft gefährden könnte. »Ist nochmal richtig gut gegangen mit diesen doofen Thai-Bullen, die jetzt wohl wieder Tetris spielen« sagte Robert, der während sie an den Cocktails nippten, über Huren sprach, die ihre Freier betäuben und ausrauben würden, doch nicht mit ihm, denn er kenne jetzt alle Vorzeichen. Nach weiteren Drinks erzählte Robert Georg auch ein neues Geheimnis, nämlich, dass bevor das mit dieser Mailin, die jetzt leider tot war, passiert sei, er sich mit einem extrem hübschen Ladyboy eingelassen habe. Dieser habe ihn wohl betäubt und anschließend vergewaltigt. Obwohl er von nichts mehr wisse und sich an keine Einzelheiten mehr erinnern könne, so hätte ihm sein Hintern mehrere Tage lang weh getan. »Der Ladyboy hat nämlich auch etwas in meinen Drink getan und ein Betäubungstuch verwendet, ähnlich wie diese Nutte von Mailin. Mann, ich bin so was von geil, ich sitze in dieser verdammten Gitterbox fest in einem Land, das durch seinen Sextourismus in aller Welt bekannt ist und über mehr Nutten verfügt als die Schweiz Berge hat, und komme einfach nicht zum Zug!« Kurze Zeit später saßen Robert und Georg im nächsten Flieger und freuten sich auf ein gemeinsames, nicht jugendfreies Abenteuer im Nachbarland Kambotscha.

Efcharisto

»Das war irre geil, das machen wir gleich morgen nochmal« stöhnte Robert völlig außer sich mit hochrotem Haupt. Die beiden nahmen sich bereits an ihrem ersten Abend in Kambotscha zwei blutjunge Mädchen, mit welchen sie gemeinsam sexuell verkehrten und ihren perversen Fantasien freien Lauf ließen. Nach einigen Stunden im Bordell riefen sie ein Taxi und nahmen die beiden Mädchen mit zu ihrem Hotel. Georg war ein Luxustier und wollte stets in einem Vier- oder besser noch Fünfsternehotel übernachten. Robert hatte in Thailand schon des Öfteren Nutten mit auf sein Hotelzimmer genommen, aber diesmal wollte er zusammen mit seinem tollen Freund Georg feiern und die Anwesenheit dieser hübschen Frauen genießen. Daher gingen sie an die erstaunlich eingerichtete Hotelbar, um den Tag feierlich ausklingen zu lassen. Immer wann Georg trank, konnte er sich nicht nur besser konzentrieren, sondern auch besser erinnern. So trank er eigentlich immer, wann er auf eine Prüfung lernte. Seine Mitstudenten schluckten Ritalin, das wie Kokain ihre Konzentration förderte. Georgs Zaubertrank war Whisky, Wodka und auch der selbstgebrannte Williams-Schnaps seines Großvaters Adolf. So war es an jenem Abend nicht anders, und Georg erzählte einen dreckigen Witz nach dem anderen, er trank und die Zeit verflog so richtig. Seine Witzchen handelten von tollpatschigen Blondinen, Deutschen, Schwulen und auch stark pigmentierten Menschen. Doch plötzlich wurde Georg leise. Ohne es bemerkt zu haben, waren die vier umzingelt. Als sich nun auch Robert umdrehte, erlebte er einen ähnlichen Gefühlszustand wie damals am Tatort, wo er zusammen mit den Polizisten auf die tote Mailin traf. Hinter ihnen standen drei uniformierte Polizeibeamte, die bereits die Handschellen gezückt hatten. Daneben war eine blondgelockte Frau, dessen stark geschminktes Gesicht drohend wirkte. Neben ihr ein junger Mann, Mitte dreißig, der eine überdimensionale Kamera mit Richtmikrofon auf die beiden Freunde hielt. »Guten Abend. Ich bin Annette Drefs von RTL. Wir machen eine Dokumentation über Kinderpornografie in Südostasien und bekamen Hinweise, dass Sie beide mit minderjährigen Mädchen verkehren. Daraufhin haben wir natürlich sofort die Polizei verständigt, da wir bereits die Erfahrung gemacht haben, dass sich Männer wie Sie nicht freiwillig für das Fernsehen interviewen lassen und in der Regel sofort die Flucht antreten.« Georg und Robert sahen sich mit großen Augen an. Georgs Herz schlug wie verrückt, das Blut in seinen Adern drohte zu gefrieren, es überkam ihn eine Gänsehaut an beiden Unterarmen, die in Schüttelfrost endete. Auch Robert erging es nicht anders. Seine Blase drückte und drohte jeden Moment die Anspannung loszulassen und seine Jeans zu durchnässen. Er konnte regelrecht seinen Pulsschlag spüren. »D-Dann h-haben w-wir ja keine W-Wahl« stammelte Robert unsicher. Bis zu diesem Moment hatte er Zeit seines Lebens noch nie gestottert. »Was wollen Sie von uns?« gab sich Georg zu erklären. »Wenn Sie nicht kooperieren, dann werden Sie diese Beamten hier sofort mitnehmen und auf dem Polizeirevier verhören« gab die blonde deutsche Reporterin frech zu verstehen. »Wir müssen Ihnen gar nichts sagen. Das wär ja sozialer Selbstmord. Meine Oma schaut jeden Tag RTL. Sind Sie verrückt?« strömte es aus Georg heraus, der Mühe hatte, sich zu beherrschen. »Ganz wie Sie möchten. Bitte schön – they are yours!« sprach die aufs äußere Erscheinungsbild bedachte blonde Frau und bedeutete den Beamten, dass sie nun an der Reihe waren. Diese ließen sich das nicht zweimal sagen und legten Robert und Georg sogleich Handschellen an. »U-Und die M-Mädchen?« fragte Georg noch, als sie bereits durch die Hotelrezeption Richtung Ausgang gegangen wurden. Seine Frage blieb unbeantwortet. Als er zurück an die Bar blickte, sah er nur mehr leere Barhocker. Auch das Fernsehteam von RTL war von der Bildfläche verschwunden. Wieder wurde den Verhafteten beim Einsteigen in den Polizeiwagen nicht der Kopf runtergedrückt. Schließlich war diese nette und Kopfschmerzen schonende Geste fixer Bestandteil jedes amerikanischen Gangsterfilms – nicht so im wirklichen Leben oder zumindest in Ländern wie Thailand oder Kambotscha.

Noch ehe sie sich versahen und Gedanken über ihre persönliche Zukunft machen konnten, befanden sich Robert und Georg auf dem Revier. »Diesmal bin ich nicht alleine, ist schon ein besseres Gefühl« versuchte Robert zu scherzen, doch er erntete nur einen abfälligen Blick von seinem Feldkircher Freund. »Was geschieht jetzt mit uns?« wollte Georg wissen. Die Frage war eher in den Raum gestellt, denn es war ihm klar, dass sein Montafoner Freund dies genauso wenig wusste, wie er selbst. »You take a seat here and wait« befahl einer der drei Beamten, als sie das grün tapezierte Zimmer auf der Polizeiwacht betreten hatten. Robert und Georg saßen nebeneinander und warteten auf die Beamten, welche sie verhören und wie es den Anschein machte auf der gegenüberliegenden Seite Platz nehmen würden. »C-H-A-Z-I-P-A-R-A-S-K-E-V-A-S« flüsterte Georg leise in Roberts Ohr. Dieser verstand nicht und schaute ihn verdutzt an. »Genau das ist es« fuhr Georg fort. »Es muss uns gelingen, dass wir einen Anruf tätigen dürfen. Ich muss den Bürgi anrufen, der schuldet mir nämlich noch einen Gefallen.« »Was für ein Bürgi?« flüsterte Robert zurück, denn er konnte sich beim besten Willen nicht ausmalen, was Georg da für einen Plan aushckte. »Heiliger Strohsack, der Bürgermeister von Megali Panagia, das ist die Lösung unseres ...« Just in jenem Moment betraten zwei Polizeibeamte den Raum und unterbrachen Georg in der Verbalisierung seines Geistesblitzes, der die festgefahren geglaubte Situation allmählich in ein anderes Licht zu rücken schien. »You have the right to call a lawyer« war der erste Satz, den einer der Beamten zu den verhafteten Jungs sagte. Georgs Herz überschlug sich vor Freude. Er konnte nicht glauben, was er da eben gehört hatte. Hatte er schon richtig gehört? Ohne dass er flehen, betteln, kämpfen musste, wie für sonst alles im Alltag, wurde ihnen gerade eben unterbreitet, dass sie einen Anruf tätigen durften. Soviel Glück im Unglück war kaum auszuhalten. »Yes« erwiderte Georg in seinem aberwitzigen Hauptschulenglisch das unmoralische und äußerst verlockende Angebot. »We want to phone Mr. Chaziparaskevas, Dimitrios Chaziparaskevas from Megali Panagia« waren seine Worte. Robert saß nur da, wirkte apathisch und ließ seinen Freund, den zukünftigen Anwalt, walten. »Write it on this paper« verlangte der andere Polizist. »We then google his number.«

Ohne zu zögern ergriff Georg den Stift und schrieb in großen Lettern den Namen auf. Es war ihm, als würde er gerade eine Erbschaft unterschreiben und zum Großgrundbesitzer werden. Kurze Zeit später hielt Georg den Hörer in der Hand und sprach mit dem »Bürgi«, wie er Dimitrios Chaziparaskevas gerne nannte. Als er dessen Stimme am anderen Ende der Leitung vernahm, war er auf der einen Seite überglücklich und voller Gewissheit, auf der anderen Seite betroffen, denn er erinnerte sich an eine blonde Griechin namens Maria, die wie aus einem anderen Leben zu kommen schien. Es war wohl der Anruf seines Lebens, denn es ging um sein Leben, genauer gesagt um das Leben von Robert und ihm und darum, ob sie dieses weiterhin in Freiheit oder bis an ihr Lebensende hinter schwedischen Gardinen verbringen würden. Georg umriss mit wenigen Worten den Sachverhalt. Die im Raum befindlichen Beamten verfolgten jedes Wort genau. Dimitrios Chaziparaskevas versicherte Georg Matt, dass er alles in die Wege leiten und das Problem sich in Kürze in Luft auflösen würde. »My friend as I promised you, I can do you this favor as you did for me« waren die letzten Worte des Oberhauptes von Megali Panagia, der nun bat, dass Georg ihm den Oberkommandanten der Polizeiwacht gebe. Doch dieser war nicht vor Ort. »Don't you worry. Everything is gonna be alright« hörte er Chaziparaskevas sagen. Er werde sich etwas überlegen, das sie aus dieser misslichen Situation bringen könne. Es vergingen Wochen. Robert und Georg befanden sich in Haft, trugen Sträflingskleidung und waren mit ihren Nerven am Ende. Sie glaubten schon gar nicht mehr daran, da öffnete einer der Wärter die Zellentüre und gab den beiden zu verstehen, sie sollen in das Besuchszimmer gehen. Dort saß ein ihnen unbekannter Herr, der nur sehr gebrochen Englisch sprach und sich mit Mister Gallou vorstellte. Er gab mit Händen und Füßen zu verstehen und gab sich bei seiner Erklärung große Mühe, dass er vom »Mayor«, von niemandem geringerem als Dimitrios Chaziparaskevas, dem Bürgermeister der kleinen griechischen Ortschaft Megali Panagia, geschickt werde. In der Innentasche seines Jacketts hatte er zwei Flugtickets, die auf die beiden ausgestellt waren. »You come with me. Greece have open doors with you« waren seine Worte. Georg und Robert sahen sich misstrauisch an und folgten diesem Mister Gallou zum

Flughafen. Sie hätten sich im Traum nicht vorgestellt, jemals wieder einen Flughafen betreten zu können, ganz zu geschweigen von einer Ausreise aus dem mittlerweile verhassten Kambotscha. Stunden später schüttelten sie die Hand von Dimitrios Chaziparaskevas, der sie persönlich am Flughafen von Thessaloniki begrüßte und ihnen Asyl gewährte. »Welcome to Ellas, my friends« sagte der Mayor überschwänglich. Im schwarzen Mercedes mit Leder-Holz-Ausstattung und Privatchauffeur tat Chaziparaskevas den beiden Freunden aus der Alpenrepublik kund, was für Pläne er für sie geschmiedet hatte. Nachdem sie Ierissos passiert hatten, standen sie am Fuße des Berges Athos. Chaziparaskevas Plan lautete wie folgt: Bis das Ganze verjährt und vergessen war, mussten die beiden Sextouristen Buße nach griechischer Vorstellung tun. Für den Bürgermeister gab es dafür einen passenden Ort: Das Männerkloster beim Berg Athos, das bis zum heutigen Tag Frauen den Zutritt verwehrt. Dort brachte er im Einvernehmen mit den strenggläubigen Mönchen die beiden Männer unter. Falls etwas am Plan schiefgehen würde, dann würde er persönlich dafür sorgen, dass nicht Georg und Robert, sondern zwei Mönche an die Behörden ausgeliefert werden würden. Widerwillig stimmten Georg und Robert dem Plan von Dimitrios Chaziparaskevas zu und verabschiedeten sich von ihm bei der hohen Pforte, wo sie vom Abt persönlich in diese abgeschiedene Welt mit ihren ganz eigenen Regeln eingewiesen wurden.

Nachwort

Möchtegern-Menschen gibt es viele. Ein jeder kennt sie. Im Duden findet sich folgende Definition für den Begriff Möchtegern: »jemand, der sich gern aufspielt, gern mehr sein oder scheinen möchte, als er ist. Gebrauch: umgangssprachlich spöttisch. Synonyme: Angeber, Aufschneider, Prahler, Protz, Sprücheklopfer, Wichtigtuer.« Die Begriffsvielfalt reicht dabei vom »Möchtegerncasanova« über den »Möchtegernkünstler« bis zum »Möchtegernrennfahrer«. Im Englischen wird Möchtegern mit »Wannabe« übersetzt. In Wikipedia heißt es dazu: »Wannabe ist ein öfter abfällig verwendeter Anglizismus für einen Möchtegern. Dies ist eine Person, die versucht, wie jemand anderer zu sein oder sich in eine bestimmte Gruppe von Personen einzufügen. Spezialisiert wird die Bezeichnung für Personen mit Körperintegritätsidentitätsstörung und eine bestimmte Art der Klinikerotik verwendet.« Es geht hier also auch um sogenanntes »peer pressure«, um Gruppenzwang. Darum, jemand anderes sein zu wollen, als derjenige, der man ist. So zu tun als ob. Als ob man reich, glücklich verheiratet, ein Wohlverdiener, ein treuer Ehemann oder eine fürsorgliche Ehefrau und Mutter wäre – die Liste ist endlos lang und lässt sich individuell ständig erweitern. Doch welche Umstände machen Menschen zu sogenannten Möchtegerns? Warum tragen wir alle ständig Masken und verschleiern unser wahres Ich, unsere wirkliche Persönlichkeit mit all unseren Stärken, Schwächen, Ängsten und Zweifeln? Ist es die Gesellschaft, in der wir leben und uns täglich bewegen, die eine Aufzucht von Möchtegerns fördert? Vielleicht braucht es einfach zu viel Mut, um zu sich selbst zu stehen, zu der Person, die man wirklich ist, die Fehler hat und begeht, unperfekt und unsicher ist. Dieses Buch beruht auf sehr vielen wahren Begebenheiten (zumindest die ersten drei Kapitel entstanden durch originelle Originale, die sich genau so verhalten und sich auf die im Buch beschriebene Art – natürlich anonymisiert und mit typischen Namen wie Tobias, Sandro, Georg, Robert, Markus oder Angelika versehen – ihrer Umwelt im Alltag präsentieren) und soll aufzeigen, wie künstlich und oberflächlich unser Gehabe oft ist und durch die Geschichten, die vielleicht amüsieren, aber auch abschrecken und verstören, den Leser zum Nachdenken anregen, warum wir uns so verhalten und warum wir Gefühle unterdrücken und Gedanken nicht aussprechen, nur weil wir in einer genormten Gesellschaft voller »Dos« und »Donts«, voller Zensuren und einem starren Verhaltenskontext leben. Jede Gesellschaft hat schließlich ihre eigenen Regeln und Vorstellungen von Normalität und Abnormalität. In der heute vorherrschenden Globalisation, wo Orte, Länder und sogar Kontinente näher aneinander rücken und es den sogenannten »Clash of Cultures« nicht mehr so explizit gibt, aber die kulturellen Unterschiede dennoch bestehen bleiben, denn sie sind nicht neu, sie sind eingefahren und tradiert. Andere Sprachen zu sprechen und auf Menschen zugehen mit der Absicht, diese verstehen und begreifen zu wollen, ist dabei vielleicht der erste Schritt. Gerade in Ländern wie Japan, im sogenannten »Land des Lächelns«, wo es als unhöflich gilt, seinen Gefühlen freien Lauf zu lassen, wo auf öffentlichen Toiletten Musik abgespielt wird, damit niemand dem anderen beim Urinieren zuhören muss, gibt es sicherlich noch eine Reihe von Dingen, die für europäische oder westliche Denkweisen unschlüssig und unlogisch erscheinen. Doch der Schein kann oft trügen. Wie die Menschen wirklich sind, welche erkennbare oder unsichtbare Masken tragen, sei es eine Kopfbedeckung wie die Burka in der arabischen Welt, in der die Frau in der Öffentlichkeit verhüllt ist und nur ihrem Ehemann in den eigenen vier Wänden ihr wahres Gesicht (ihr wahres Ich?) offenbart oder während der Karnevalszeit oder in einem Swingerclub. Für viele Menschen ist es undenkbar, ohne ihre Masken zu leben und zu erkennen zu geben, wer sie wirklich sind, was sie antreibt und was sie wollen. Als Möchtegerns geht das bestimmt um ein Vielfaches einfacher. Als Möchtegern ist man schließlich nie allein. Möchtegern-Sein ist der Trend, Möchtegern-Sein ist en vogue. Diese kleinen Episoden mit der göttlichen Zahl sieben, welche für Vollkommenheit steht (schließlich hat die Woche sieben Tage, es gibt sieben Todsünden, die Menorah hat Platz für sieben Kerzen etc.) behandeln Alltagsprobleme von Normalsterblichen, die meist Luxussorgen sind und für all jene, die nicht so wohlhabend sind illusorisch, gar lachhaft erscheinen mögen. Themen wie Liebe, Hass, Eifersucht, Neid, Missgunst, aber auch Süchte wie Alkohol, Drogen, Sex sowie Intrigen und Korruption sind allgegenwärtig und auf der ganzen Welt vorhanden. Ich denke, Sie, verehrter Leser, kennen noch viele weitere Geschichten von Möchtegerns, denn was wäre diese Welt schließlich ohne sie?

Platz für eigene Geschichten:

Platz für eigene Geschichten: